レランス

ance

の方舟

Ark of pheus

それは、遠き日の小さな奇幻の——

上遠野浩平
Kouhei Kadono
イラスト●緒方剛志
Kouji Ogata

「怒ったり笑ったり、すぐ気分が変わるよな」
「だって、嬉しくなってくるのよ、一緒だと」
「なんにも考えてないみたいだぜ、それじゃ」

「うん、何にも考えたくないかも。なんにも——」
赤き炎の、激情の表裏
————ONE HOT MINUTE

白き氷の、冷徹な決意
――――FALLING GRACE

「どんなことがあっても、君は私が守る」
「…………」
「世界のすべてを欺いても、悔いはない」
「…………」

「そう、そうなのよ、死神なんだって」
「誰かの人生の、その一番美しいとき」
「それ以上醜くなる前に、その寸前で」
「生命を、絶ってしまうんだって――」

黒き死の、非対称の仮面
——Boogiepop

それは、遠き太古の神話の如く――

Design : Yoshihiko Kamabe

『……この酷薄なる現実は、　その原因は、
世界が不寛容《イントレランス》なせいなのか、
あるいは人というものがあまりにも脆すぎて、
ほんの少しの苦痛にさえ耐えられないだけなのか——』

——霧間誠一〈氷の上の蝋燭〉

「――そうね、オルフェウスの神話って知ってるかしら」

「え？　オルフェ……ですか？」

「誰でも一度は聞いたことがあるはずよ。竪琴《たてごと》ひきのオルフェウスは、綺麗《きれい》な奥さんをもらったはいいけど、不幸にも彼女が死んでしまったので、あの世まで迎えに行ったという、彼の冒険の物語を――」

　そこは、海沿いの荒れ果てた地であった。

　二人の女性が、その海が見える場所に立っていて、彼女たちは寄せては返す波浪を眺めながら話している。

「彼のひく竪琴があまりにも見事で、彼のうたう歌があまりにも感動的だったので、死の世界の王も彼女の魂を連れ帰ることを赦《ゆる》してくれた――でも、そこでたったひとつだけ条件を付けた」

　女性の一人が、もう一人の若い少女の方に向かって説明をしている。

「それは〝彼女を連れ帰るために冥界《めいかい》の抜け道を通っていく際には、決して一度も後ろを振り向いてはならない〟という条件だった」

「ああ——その話は知ってます、確かに」

少女はうなずいた。

「ギリシャ神話でしたっけ——たしか色々な地獄の住人かなんかと出会うんですよね」

「あの世にいるのは、みんな哀れな罪人ばかりで、そのために皆ひどい罰を受け続けていて、しかし一度は死んだ妻をもう一度生きていることにしようとしていたオルフェウスは、その誰よりもある意味で罪深くって、だから死の王はたぶん、決してやり遂げることのできない条件を彼に出したような気もするのよね、私は——」

女性はそう言って、ため息をひとつついた。

「だってそうでしょう？　妻のために恐ろしい恐ろしい地獄の門まで来たのに、その妻のことを決して見てはならないなんて、どんなに心配でも絶対に振り向いてはならないなんて、そんなの無茶もいいところだわ。オルフェウスは罠《わな》に掛けられたのよ——」

「あのう——」

少女の方がおずおず、と話しかけた。

「それとこれと、なにか関係があるんでしょうか？　こんな風に、辺り一面滅茶苦茶になっちやったことと——」

二人の立っている場所——そこは何もなくなっていた。

あらゆるところが焼け焦げて、地面には無数の亀裂《きれつ》が入り、ぶすぶすとくすぶって煙が漂っている。

森だったはずなのだが、今では木など一本も残っていなかった。まるで地獄の荒野のような風景だった。

「……そうね、なんて言えばいいのか」

「そもそも誰が、ここをこんなに荒らしちゃったんですか？　これって誰かのせいなんですか」

「誰かのせいって言われれば、それは」

女性は少し肩をすくめて、そして言った。

「これはブギーポップの仕業よ」

この言葉に少女はきょとん、とした。

「へ？」

「あの死神が、ある人がどうしようもなくなる寸前に殺そうとして、それにある人が抗《あらが》って、それはきっとオルフェウスに突きつけられた条件と同じくらいに厳しいことで、だからここは、こんなに滅茶苦茶に壊れてしまった――」

彼女は海の方に眼を向ける。

その海面の上に、何かがあった。

小さな塊があって、そしてその上で炎が燃えている。

それは遠目からだと小さな舟が浮いていて、それが燃えているようにも見えた。

「色々なことが重なっていて、深刻な問題だったんだろうし、たくさんの間違いもあったんでしょうけど——何一つ叶えられなくて、だからそのどれを言っても、きっと正確には伝えられなくて、全部がなにかの喩え話《パラブル》のようで——だけど、死神だけはどうしようもなく、そのまんまだったみたい……」

女性の不思議な言葉に、少女の方は、

「…………？」

と首をかしげている。

二人の目の前で潮が満ちてきた。そして海の上で燃えているものにも、うねる波が被《かぶ》さってきてその火が消えようとしていく。

その向こう側の水平線では、太陽が沈みかけていて、光が彼方に没しようとしていた。

ブギーポップ・イントレランス

Boogiepop Intolerance

オルフェの方舟

Ark of Orpheus

PARABLE1.

オルフェウス

……竪琴の達人で、彼の奏でる音楽はあらゆる者の心を安らげ、争いを消したという。
死んだ妻エウリュディケを生き返らせるために生きながら冥界に下りていき、
そこで様々な亡者や怪物と出会ったが、一時それらのすべての苦しみを鎮めたという。

1.

……そこはやや、薄暗い室内である。

どうやらレストランの広い個室らしかったが、そこにはクロスの敷かれたテーブル以外は何もない。照明も点《つ》けられていないし、窓もないので、ぼんやりと中を照らし出している光は法律で定められた非常口の表示灯のみである。

その薄闇の中で、一人の男がじっとしている。

初老の男だったが、その体格はがっちりとしていて、若者にも劣らないようにも見えた。

彼の名は六嶺平蔵《ろくみねへいぞう》。

彼がここにいるのは、これからこの場所に、彼の仲間たちがやってくるからだ。場所をセッティングしているのが彼で、他の者たちは彼のお膳立てで会合を持つことになっているからだ。

会合の名は〈クレイム・クラブ〉という。どうでもいいような名前であるが、実際にそれは六嶺にとっては、

（どうでもよい――）

ものである。クラブなど、彼にはどうでもいい。彼の目的はクラブを通じての利益でも、その上に君臨して権勢欲や名誉欲を満たすことでもないからだ。

彼の目的は、たったひとつ――。

(……美登里《みどり》――必ず、私は、おまえを――たとえ私の生命が間に合わなかったとしても……)

彼はじっ、と暗い室内で一人、動かない。

待つことには慣れているが、しかし別に待つことが好きな訳ではない。

そう、機会があれば、彼はいつだって、それまでのすべてを見捨ててでも機敏に行動に移ることができるのだ。

そうやって、どれほどの時間が流れただろうか、個室のドアが開いて、そこから店員が顔を出した。

「あの、六嶺さま――そろそろ皆様がおいでになる時間ですが」

声を掛けられて、六嶺はうなずいた。そして言った。

「電気をつけてくれ」

瞑想《めいそう》は終わり、現実が始まる――彼が克服しなければならない現実が。

＊

「…………」

須磨《すま》貞夫《さだお》はいつもその街の通りに差し掛かると、反射的に四方を観察する癖がある。本人は意識していないのだが、監視されているかも知れないという思いを捨てきれないのだ。しかし現時点では、みんなが集まってミーティングをする程度のことしかしていない。それでもう監視されているということになったら、その時点で話にならないはずであり、そもそも無意味である。

彼は無意味なことは嫌いであり、だから自分は警戒などしていない、と思い込んでいるから、自分のその無意識の癖《くせ》には気づいていない。もしくは、意地になって気づいていないフリをしている。

しかしやっぱり、警戒していなければそのときに、彼は自分の背後からこそこそと近づいてきていたその人影には気づかなかっただろう。

（む……）

彼は渋い顔になった。その人物が誰なのか見当がついたからだ。振り向いて、そっちの方を凝視してやると、建物の陰に隠れていたその少女が、気まずそうに顔を出した。

「……や、やっほー」

彼女は、おどおどしながら貞夫に手を上げて、偶然に会ったみたいなフリをしようとして、それに失敗していた。

「来るなって言ったろう、春海《はるみ》」

「い、いやそーゆーんじゃなくて……あは」

その彼女、杉乃浦《すぎのうら》春海は精一杯愛想笑いをしようとして、これにも失敗していた。

こいつはいつもこうだな、と貞夫は思った。この女は彼等が同じ小学校に通っていた頃から、いつもこんな調子だった。妙にはっきりしないで、だらだらとしたような態度を続けるのだ。

「あは、なんだっけ――そのクラブ？　お、面白そうだから、私も入りたいなー、なんて……」

「駄目だよ。会員制だし、俺もまだ仮会員なんだから――」

本当はクラブには正会員も仮もない。そんな明確な規定などどこにもないのだが、クラブのメンバーであるということに自負を持っているので、そういう権威主義的な言葉が自然に出ていた。

そう、そのクラブ――正しくはクレイム・クラブという。いかにも野暮《やぼ》ったい名前だが、それも致し方ないと須磨貞夫は考えていた。高校生である貞夫が、そんな名前のクラブと何か関係があると他人が聞けば、どこぞのクラブハウスに入り浸っているのかな程度にしか思われないだろうから、格好のカモフラージュになる。クラブの目的は部外者には絶対の秘密なのだから。

クラブのことをごく大雑把《おおざっぱ》な定義で説明すると、これは会員制のサークル活動という程度のものであり、規模もささやかなものだ。ささやかだからこそいいのである。何故なら完全に隠し通すことは難しいので、世間に存在を知られても大して疑われない程度の大きさこそが、このサークルの目的に叶うからだ。その目的とは名前の通りの〝異議申し立て〟なのだが、彼等がそのクレイムを付けようとしている相手はどこかの企業でも政府機関でもない。統和機構《とうわきこう》と呼ばれている、世界を裏から牛耳っている巨大なシステムに対して、である。

「そ、そっか――じゃあ、しょうがないね。でも場所ぐらいは知りたいな、とか……」

春海は自信なさげに、首を左右にゆっくりと振りながら、手が制服のスカートの裾《すそ》をごそごそといじっている。

「やめろよ、それ」

いらついて、貞夫は少し強い声を出した。

「え？」

「その裾をいじる癖だよ――何度も言ってるだろう。なんか貧乏くさいんだよ、それ」

「そ、そう？　いや――わざとじゃないのよ？　なんかつい、やってるだけ」

「だったら気をつけろよ――いいから帰れって」

貞夫は素っ気なく言って、そして近くを通りかかったタクシーに向かって手を上げた。

「あっ」

と春海が声を上げる暇もあればこそ、貞夫はタクシーに乗り込んで、あっという間にその場から走り去った。

バックミラーの中で、春海の姿が遠ざかっていく。

「………」

貞夫は、タクシーにすぐ次の駅の近くの場所を指示し、降りてまたタクシー乗り場に行って元の場所に戻った。どっちもすぐ近くだったので、運転手には二回とも嫌な顔をされたが、貞夫は別になんとも思わなかった。

戻ってきたときには、さすがにもう春海の姿もない。あきらめたのだろう。彼は、ふう、と軽く息を吐くと、ふたたび目的の場所に向かった。

そこは街でもあんまり流行《はや》っていない、少し大きめの中華料理店だった。なぜ流行らないかというと味が良くないからで、どうしてあそこは潰《つぶ》れないんだろうな、と陰口を叩かれているような店であった。

貞夫が予約の者だとレジのところの店員に告げると、そのバイトの無愛想な男は「はあ」と曖昧《あいまい》にうなずくだけで案内もしない。貞夫はそいつを無視して、そのまま店の奥にある個室に入った。何度も利用しているので、勝手は知っている。

すでに他のメンバーたちは揃っていた。

「やあ、今日は少し遅かったな、須磨君。何かあったのか？」

メンバーの中で最高齢の男性、六嶺平蔵が静かな口調で訊ねてきた。

「いや、別に――」

と貞夫が答えようとしたところで、くすくすという女性の笑い声がして、

「彼女に捕まってたのよね、須磨くん？」

とからかいの声が掛けられた。

言ったのはメンバー中、ただ一人の女性である相川靖子《あいかわやすこ》である。

む……と貞夫の顔がひきつる。どうもあの路上でのやりとりをこの女に見られていたらしい。

「なかなか可愛い彼女じゃない。あの制服、深陽学園だっけ、県立の。一般人に内緒にしておくのは大変ね？」

靖子はにやにやしている。どうもこの女は俺を子供扱いする、と貞夫は苛立つ。自分もせいぜい二十代前半か中頃か、という若さの癖に、まるで姉のような口をやたらと利きたがる——と、内心でひどく腹を立てていたが、それは表には出さず、

「処置はしておいたから、問題はない」

と殊更にぶっきらぼうな口調で言って、話を打ち切る意志を示した。

「しかし、親しい人間ほど、このことは知らせない方がいいから、気をつけるに越したことはないぞ」

六嶺が静かな声で言ったので、皆が少し彼の方を見た。その声には力があり、明確な指導者がいないクラブの、実質的なリーダーが誰なのか、ということを如実に表していた。六嶺の言うことに逆らう者は誰もいない。

「わかってますよ。しかし、あいつはそんなに親しいというわけでもないんです。ただの幼なじみです」

つい、言わずもがなのことを口にしてしまう。言ってから少し、しまった、と思った。なんだか弁解くさい、と感じたのだ。

靖子はくすくす笑っているが、他のメンバーは誰も笑わない。

「さて——今回の会議を始めよう」

それは部外者が聞いていたら、いったい何について話をしているのか、さっぱりわからない奇妙な会合であった。彼等は口々に不思議な報告を重ねるのであった。

「通常とは異なる食品の搬入があった。資料上ではガムシロップということになっていたが、同じものを二日続けて仕入れたはずなのに、倉庫には一回分しか在庫がない」

「ホテルで爆発事故が起きたのに、その報道も警察が立ち入った形跡もない。爆発は大勢の人間に目撃されていたのに」

「例の寺月恭一郎《てらつききょういちろう》の会社、あれの整理に乗り出そうとした企業が、その翌日にすぐに持ち株を全部売ってしまったが、その買ったものはことごとくがダミー会社で」

彼等は職種も環境も、全然一致していない人々だった。服装も背広姿の者もいれば、砕けたストリートファッションの中年男もいる。サングラスを掛けっぱなしの黒服もいれば、どんな服を着ていいのかわからないので、仕方なくポロシャツを着ている者もいる。おそらくそいつは普段は制服を着る仕事をしているのだろう。

そして貞夫は、ブランドもののスーツを着ているが、それはまだ背伸びをしている感じが拭《ぬぐ》えない。せいぜい大学生にしか見えないし、ほとんどの人間なら彼の年齢通りに、高校生が気取っているんだろう、と見抜いてしまうだろう。

そして貞夫が話をする番になり、彼は口を開いて話し出した。

「原因不明の火災事故で消失したと報じられ、近隣に生徒が振り分けられた学校がありましたが、その生徒名簿の中には後で確認できない者の名がいくつかあり、世良《せら》稔《みのる》と称する者などは写真さえなく――」

彼は、今でこそ家が金持ちになっているが、数年前まではあやうく一家心中かというくらいに追いつめられた立場にいた。父親がそれまで二十年勤めていた会社から突然に解雇されたのだ。

よくあるリストラと言えないこともなかったが、しかしそのとき父親は正に社運を掛けた大プロジェクトに抜擢《ばってき》されて、その主力として担当しようとしていた矢先のことだったので、その理由がまったくわからず、当然抗議した。しかし受け入れられず、やむなく再就職先を探すも、明らかに何かの圧力が掛かっているらしく、どこにも受け入れてもらえない。

「おかしいぞ、貞夫――なにかおかしい。父さんはハメられたんだ」

その当時の父親は、しょっちゅうそんなことを言っていた。最初の内は情けない父親の下らない愚痴、と聞く耳を持たなかった貞夫であったが、しかし――何度も聞いている内に、確かに一連の流れには不透明なものがあると感じ始めた。

父は生化学者で、専門が最先端の培養技術で、実績もあったから、その気になれば受け入れてくれるところはどこにでもありそうだった。その父が大きな仕事の、それもそんなに予算を使ってもいない初期の段階で解雇とは——確かにおかしかった。

家には収入もなく、借金もかさみ、貞夫がそれまで通っていた私立の中学から公立に移らざるを得なくなったり、それも苦しいというようなときになって——これまた突然に、父親は急に条件のいい別の会社に雇われて、大喜びでそっちに移って、そして一家の困窮も終わった。借金もその新会社が契約条件のひとつとして清算してくれた。

親たちは、今では何もなかったかのような顔をしている——しかし、貞夫だけは忘れていない。今では前より優秀な私立の高校に編入で合格して通っている身分であっても、自分の身に降りかかった理不尽を覚えている。

（明らかに何かがおかしかった——どこかが、親父のやろうとしていた仕事を妨害していたんだ）

もちろん今となっては、父親本人はのほほんと平和に生きているので、復讐《ふくしゅう》もへったくれもない。問題は既に、貞夫自身の話になっている。

彼はそのとき、はじめてこの世界には歴然とした〝敵〟がいると自覚したのだ。そして個人的に、あちこちの父親同様の意図不明な状況を探っているうちに、彼は——クラブに接触したのだった。

　そこで彼が知らされたのは、クレイム・クラブという野暮な名前に負けず劣らずに味気なくただシステムと呼ばれるか、もしくは〝統和機構〟という便宜上の呼称をされる存在だった。

（それと真っ向から戦ったところで、何の意味もない。相手はあまりにも大きすぎて、仮に打倒できたところで俺の手には余る——）

（だから、そいつを逆に利用してやるのだ）

（裏を掻《か》いて、思わぬところから——）

　そう考えている。そしてクラブのメンバーも皆、彼と似たり寄ったりの理由で統和機構に関わっていて、それが手を伸ばしている先について、あれこれと調べているのだった。ただ単に金儲けしか考えていない者もいるだろうし、あるいは貞夫の父親とは違って、被害にあった恨みを忘れずに、これを晴らそうとしている者もいるかも知れない。

　しかしいずれにしても、今の時点では彼等は運命共同体というほどのつながりもなく、自分の知っている情報と他の者の情報を交換しているだけ、という段階である。

　しかしその情報は役に立った。システムが絡んでいると思われる企業の株は、必ず上がるか下がるかした。投機としてはこんなに簡単なものはない。もっと具体的な輸入品買い入れなどに手を出せばさらに儲かるのだろうが、貞夫はそこまでは手を出していない。

　しかしもちろん、単に小遣い稼ぎでやっているわけではない。いずれはもっと大きな利用法を見つけるつもりでいる。

「——確認できた事実はこんなところです」

貞夫が報告を終えると、ぱちぱち、と拍手がひとつ起きた。見るとそれは相川靖子である。

「すごいわねえ。警察の情報も入ってるじゃない。どうやって調べたの？」

感心したように言われたが、あきらかに揶揄《やゆ》するような調子も混じっていたので、無視した。

そしてそのまま、その靖子自身の番になると、彼女は少し頭を振って、

「ええと、これはちょっと本題から逸れた話になるんだけど——皆さんは〝死神〟の噂を聞いたことがあるかしら？」

と、奇妙なことを言いだした。

「まあ、根拠のはっきりしない噂話なんだけど——ブギーポップ、っていう。こいつはその人が人生で最も美しい、その絶頂期に現れて、それ以上見苦しい様を見せる前に殺してくれるっていう——まあ、そういう存在なわけね」

「…………」

「…………」

他の者たちは、彼女が何を言いだしたのかという顔をしている。靖子は構わずに、

「何かの偽装にしては、妙に知られているし、怪しいといえば怪しいんだけど、でもいかがわ

しくもあるという……要するに人殺しのことを美化している訳だし。で、その噂っていうのがどこで広まっているのかというと、これがあなたの通っている学校とか、その近くとかの女子高生の間なのよね、須磨くん」

と言って、貞夫にうなずきかけてきた。

「あ……？」

貞夫は虚を突かれて、きょとんとなった。靖子はさらに、

「ねえ、聞いたことない？　ブギーポップのこと」

と質問してきたが、しかしそんな変なもののことなど聞いたこともないので、

「……いいや」

と首を横に振った。すると靖子は、へえ、とかすかに声を漏らして、

「あなたでも知らないことがあるのねえ、何でも調べられるのかと思ってたけど」

と、なんだか嫌味のようなことを言われる。しかし貞夫としては、

「いや、そんなもの何か関係があるのかよ？」

と言うしかない。すると靖子はあっさりと、

「いや、全然関係ないっちゃ、ないんだけどね――この辺では前から学生の行方不明とかがあるんでしょう？　だったら、つながりがあるかもな、って思ったのよ。ただの噂としてはなんだか不自然でしょ？」

言われても、貞夫にはどっちにしろそんな話は知らない。あるとも思えない。彼は学生でありながら、同じ年頃の女子高生などはどうでもいいようなことにしか興味を持たない、くだらない存在だと馬鹿にしきっていた。

だから、殊更に返事はせずに、黙殺した。すると靖子も追及はせず、

「ま、それはもういいわ。じゃあ私が掴んでいる情報の方なんだけど、やたら高価な、精密機器なんかの洗浄に使われる〝純水〟が、どういう訳か大量に運び込まれている場所があるのよ」

「水？　ミネラル水とかか？」

誰かがしてきた質問に、彼女はいいえと応え、

「そういう意味で高価な水って訳じゃないわ。とにかく不純物を徹底的に取り除かれた、自然界ではあり得ない加工された水よ。でもその場所っていうのが、食品製造の工場なのよね。知ってるかしら、その会社は──」

そして次に彼女が言った名称と住所に、貞夫の眼の色が変わった。

（──なんだと？）

それは、かつて貞夫の父親が勤めていて、そして馘首《くび》にさせられたその会社の、食品部門のブランド名だったからだ。

（そしてその工場というのが、正に──親父が研究していたはずの場所だ……後で改装されたとは聞いていたが、前には食品製造なんかには使っていなかったぞ──）

彼が考え込んでいる間にも、靖子は報告を続け、

「——まあ、そういう訳で情報はまだ不確かなんで、これからも追ってみるわ」

と言って話を終えた。するとそれまで黙って聞いていた六嶺が、

「——相川君、わかっていると思うが、くれぐれも不用意な深入りだけはするなよ。怪しすぎるものには近寄るな。統和機構に眼をつけられては何にもならないのだからな——あくまでも慎重に、それが基本だ」

と諭《さと》すように言ったので、靖子はうなずいた。

「ええ、わかっているわ。慎重に行動するわよ」

「君がさっき言っていたブギーポップとやらもそうだ——それが本当に人殺しで、統和機構の暗殺担当の実行部隊かなにかのことならば、もうその件には近寄るべきではないな」

「隠密性はなさそうなんだけどね——でも、なんか面白そうだって思っただけよ」

靖子は肩をすくめた。

2.

須磨貞夫の学校生活は、一言で言うならば淡白だった。

授業には、単位が取れるギリギリの出席日数しか参加しないので、そもそも学校にはあまり

いない。そのくせ成績だけはいつでもトップクラスなので、学校側としても処置に困っている。このままの成績であっても充分にいい大学を狙えるので、もっと頑張れという常套句《じょうとうく》が通用しないのだ。しかもとりたてて深刻な問題もない。仕方ないのでそのまま放置されている、というのが彼と教師たちとのスタンスだった。問題のある生徒は他にも多く、彼などは大した方ではない、と思われてもいるのだろう。

そして学友たちとの関係も、やはり淡白の一言に尽きた。

特に嫌われているわけでも、好かれているわけでもない。話しかけられれば適当に返事もするし、用があれば話しかけもするし、しかしそれは決しておざなり以上のものにはならない。意識してそうしている面もあったが、意識していなくても、どっちにしろその距離は埋まらない。孤立しているとも言えたが、しかし彼が見るところ、みんなも大して変わらないようにも思えた。彼は学校という没個性の中で、埋没していた。

その日も、彼は義務として授業に出るだけ出て、そして帰ろうとしていた。だがそのときに、

「あら、須磨くん？」

と背後から声を掛けられたので、彼は振り向いた。

そこにいたのは彼の、この学校では数少ない知り合いの内の一人、田代清美《たしろきよみ》だった。

「珍しいわね、あなたが六時間目まで学校にいるなんて」

「まあ、いつもさぼっているわけにもいかなくてね」

「いったいどういう勉強をしているのかしらね、あなたは。そうやって怠けてばかりいるみたいなのに、どうして成績が落ちないの？」

「要領がいいんだよ」

「あら、羨《うらや》ましい限りね」

彼女も成績優秀者で、この学校では学年トップを貞夫と争っている立場である。もちろんこっちは教師受けもいい。何度か学校が企画した成績優秀者だけの特別講習で顔を合わせたこともある。もっとも貞夫はそういうのに滅多に出席しないので、関係として疎遠と言えば疎遠だ。しかしこの女は、彼が自分から進んで声を掛けた数少ない生徒の一人でもあった。

（しかし、なんの収穫もなかったのに、こいつの方からもやたらと声を掛けてくるようになってしまったのは困り者だな）

彼は心の中でぼやいた。彼がかつて彼女に話しかけたのは、彼女の知り合いの、別の学校の生徒である百合原美奈子《ゆりはらみなこ》という少女のことを調べていたからだ。彼女も行方不明になってしまっている一人だ。しかし別に清美は百合原の行方については何も知らなかったし、ただ中学が一緒だったというだけで、それ以上の関係でもなかったので、すぐに追及を打ち切ったのだが、しかしそれ以来、何かとこの女の方から話しかけてくる。しかも面倒なことに、彼女には彼と共通の知り合いが多いのだった。

「そういえばこないだ聞いたんだけどさ、あなたの彼女の、ほら、なんて言ったっけ」

ずけずけと踏み込んでくるような、無神経な声で言われるので、貞夫は、

「――」

と反応しない。すると清美は勝手に、

「ああ、そうだそうだ。春海ちゃんね。名字なんだっけ。なんか変な名前だったわよね」

と一人で話を進める。

「別に杉乃浦は、彼女ってわけじゃねーよ。ただの幼なじみだ」

なんだかこの前、クラブでも同じようなことを言ったな、と貞夫は少し嫌な感じがした。彼は気持ちの中で、クラブでの出来事と学校などの日常生活を完全に分けるようにしている。それが重なると気分が悪いのだ。

「ああ、そうそう、そんな名前だったっけ。でさあ、その娘だけど――なんか告白されたらしいわよ」

唐突に訳のわからないことを言う。

「――は？」

一瞬、貞夫は彼女が何を言ったのかわからなくなる。

「いや、あの娘って学校、深陽でしょ。私あそこに友だち多いから、そっから話を聞いたんだけどさ――なんでもクラスの中で、みんなが見ている前でデートに誘われたって。そりゃ噂にもなるわよね」

「——それがどうしたんだ」

貞夫は、特に意識すまいとして、できるだけ平静な声を出した。それは成功したが、しかしその分、それは異様に冷たい声になってしまった。

「知らなかったの？　気にならない？」

「だから別に、そういうんじゃないから」

「でも確か、そのデートの日って今日だったと思うけど」

それから彼女は、ご丁寧《ていねい》にもその約束の場所と時間まで貞夫に教えた。ほんとうに皆に筒抜けになっているらしい。

（春海め、あの間抜け——隙だらけだから、こんな風に変な話を俺が聞かされる羽目になるんだよ）

なんだかその場のことが簡単に思い浮かべられる。おどおどとはっきりしない春海に、男が強引に付きまとって、圧《お》しの強さだけで一方的な約束を取り付けてしまうのだ。衆人環視でも押し通すというのは、ある意味でナンパの基本でもある。

「ねえ、どうするの？　彼女の浮気を責めるのかしら？」

清美に絡むような視線を向けられて、貞夫は眼を逸らした。

そしてそのまま、清美のことを無視して、無言でその場から離れていこうとした。その背に清美はさらに、

「あら、ショック与えちゃったかしら？　でも別にあなたの成績を落とそうとか、そういうつもりじゃないからね」

と余計なことを言った。貞夫はむかむかしてきて、戻って彼女を殴《なぐ》りたい衝動に駆られたが、辛うじて自制して教室から外に出た。

（知るか、知ったことか――）

貞夫は苛立ちながら、しかしその足が向かっている先は、どうやらさっき言われたそのデートの待ち合わせ場所のようだった。

（いや、たまたま駅に行くだけだ。方向が同じなだけだ――）

心の中で、そんな風にしなくてもいい言い訳を自分に対して呟《つぶや》いている。

（そうだ、それに――春海はほとんど理解してないとはいえ、俺がクレイム・クラブに属しているのも知ってる。つまらない男に余計なことを言わないように釘を刺しておかないといけない）

考えは支離滅裂《しりめつれつ》で、そんなことをわざわざ言ったら藪蛇《やぶへび》になるだけで余計に怪しまれるということも、このときの貞夫はわかっていなかった。

彼は自分では訳のわからない焦燥に駆られて、冷静なつもりでいながら大急ぎで、その問題の駅前広場に向かっていた。

時間よりもかなり早く来てしまった。当然、春海の姿はなく、男は来ているのかも知れないが、しかし貞夫はそいつの顔も名前も知らない。

彼はイライラしながら、その場をうろうろした。そうして二十分ほど待ったところで、そこに春海がとうとうやってきた。

遠くからこっちに来るその姿は、頼りなげにひょこひょこと動いている。その顔つきもなんだか曖昧《あいまい》で、喜んでこの場に来たのか、断りに来たのかはっきりしない。

（ええい、あの間抜けは――）

わざわざこの場所に来ていながら、しかし貞夫は彼女が来なければいいとやはり思っていたので、その姿を見ると反射的にカッとなった。

ほとんど何の思慮もなく、彼が彼女の方に向かって走り出そうとした――そのとき、

「…………っ！」

反射的に、足が停まっていた。視界の隅にちらっと見えた人影の方に、貞夫の意識は一瞬にして縛りつけられていた。

そっちの方を見つめている貞夫の視線に、その見られている対象の方も気がついて、あら、という顔をした。

それはクレイム・クラブのメンバー、相川靖子だった。

彼女はにっこりと微笑むと、貞夫に向かって〝こっちへ来い〟というように手招きしてみせた。

3.

「…………」

貞夫は困惑した。

クレイム・クラブの不文律として、会合以外の状況では互いに知らぬフリをする、というのがある。

それなのにあの女は――それもよりによって、

（なんで――こんなタイミングで現れるんだ？）

少し離れた場所では、おどおどした様子の春海が待ち合わせの場所に向かっていくのが見える。

そしてそれとは全然関係なく、靖子の方は彼に向かってウインクを投げかけてくる――どうしていいのか、戸惑うしかない状況だった。

どうする――と逡巡《しゅんじゅん》したそのとき、貞夫は見た。

遠くの春海の顔が、ぎくしゃくと笑ったのを。それは強張った愛想笑いだったが、そんな彼女の表情を見たのは初めてだった。

それが、この場にやってきた男に向けた笑顔だということに思い至った瞬間、貞夫はふいにその場にいられない気分になった。足元がぐらぐら揺れるような居たたまれなさに襲われた。

「……！」

彼はその光景の続きを見ていられなくなった。反射的にきびすを返して、靖子が手招きしている方に向かって小走りに駆けていった。

（——あれ？）

そのときになって、やっと向こう側の春海も、須磨貞夫の後ろ姿をこの駅前広場に発見していた。

彼はとっとと走っていき、そしてその先に待っていたのは年上の女性だった。その彼女は、貞夫に向かって微笑みかけたりしている。貞夫は背を向けているのでわからない。そもそも彼女からだと、それがほんとうに貞夫なのかどうかも自信がない。

「……あ」

と彼女がついそっちの方に向かいそうになると、彼女の前に立っている男が、

「どうしたの、杉乃浦さん？」

と訊いてきた。はっ、と春海は我に返った。

「え、ええと……」

彼女がおどおどしている間にも、貞夫とその年上の女性は連れだってどこかへ行ってしまう。

「いや、あの――」

「なんか緊張してるの？　別にそんなに警戒することはないよ」

男は適当なことを言って、とにかく彼女と会話を続けて雰囲気を作ろうとする。

「い、いやあの――駄目だと思うんですけど」

もごもごと、春海は曖昧なことを言う。

「まあ、最初からそんなに決めつけなくてもいいからさ。とにかくどっか行こうよ」

はっきりしたことを言われないのをいいことに、男は春海の手を取って近くの喫茶店に引っ張っていく。

「あ――」

春海はまだ、貞夫たちの姿を探そうとしていたが、その視線はむなしく辺りをさまようだけだった。

＊

「…………」

貞夫は、靖子が運転する車の助手席で、落ち着かない様子で腰をうごめかせた。シートが無駄に柔らかすぎる気がした。

「でさあ、話は簡単なんだけど――」

運転している靖子はそんな彼の不審な態度にはお構いなしで、車をどんどんと閑散とした道へと走らせていく。

もう道沿いの周辺には高いビルもなく、建物もどんどんまばらになっていく。住宅街に続いている様子もない。

「あなたにも、私がやっている調査に協力して欲しいのよね」

「いいのかよ？」

貞夫は口を少し尖《とが》らせて、抗議口調で言う。

「メンバー同士は基本的に、外では没交渉がクラブのしきたりだろ」

「いや、まあそうなんだけどね――どうせ被っちゃってるから。だって興味あるんでしょ？」

逆に言われて、貞夫もむっ、と黙り込む。

確かに――この前の会合の時に言われたことが、心の中に棘《とげ》のように刺さっている。

彼の父親がかつて勤めていた研究施設で、統和機構と関わりがありそうな、怪しい兆候があると聞いて、彼は自分もそれを調べなければと思っていたのだ。

「どうせあなたも首をつっこむんなら、いっそのこと共同作業で調べた方が効率いいんじゃないかしら？　ねえ？」

「……俺の親父のことは、もう知ってるんだな」

「調べてたら出てきたから、あらあら、って思っちゃったわよ。偶然だからクラブの〝それぞれのメンバーの詮索《せんさく》はしない〟ってしきたりには反してないと思うけど？」

嫌味のように言われる。貞夫がますます渋い顔になると、靖子はくすくすと笑って、

「ほら、私ってどうせ有名人じゃない。過去についてもみんな知っているから、つい他人の素性を秘密にしたがる気持ちとか無視しちゃうのよ」

「有名人？」

妙なことを言われたので、貞夫は眉をひそめた。すくなくとも彼はこの女のことをクラブ以外の場所で聞いたことはない。それを察したらしく、靖子は車のハンドルを操作しながら、器用に肩をすくめるジェスチャーをしてみせた。

「あらあら、そうか。知らないか。まああなたの歳じゃあ、事件の頃は幼稚園だものねえ」

「事件？」

「かなり大々的に報じられたのよ。強盗犯立て籠もり一家惨殺《ざんさつ》事件って。生き残ったのは次女一人だけ――で、それが私」

かなりショッキングなことを、平然とした顔をして言う。さすがに貞夫が驚いて眼を丸くすると、彼女はとぼけたような顔になり、

「手記はベストセラーにもなったのよ。少女が見た恐怖の惨劇そのすべて、とか帯に書かれたりして。テレビの特番とかさんざんやったんだから――まあ、半年と話題にならなかったけど。

でも私が顔を隠さなかったので、面白がられてあちこちに出たわ」

「…………」

「でも射殺された犯人はなんだか、変な薬物を摂取していたらしいってことだけで、事件そのものはなんだかあやふやなままに終わっちゃったのよ」

「……その薬物が、統和機構の——？」

彼女がクラブに参加している動機は、その復讐のためなのだろうか。

「さあね、それはわからない。そうかも知れないし、そうでないかも知れない——私も救助されたときは瀕死《ひんし》の重傷で、退院した頃には現場検証とか全部終わってたし」

彼女はもう、過去は割り切ってしまっているようで、さばさばとした表情である。

そう言っている間にも、車は問題の工場が建っている郊外へと走っていく。

まだ平日の夕方なのに、その工場はもう閉まっているらしく、あたりには帰宅する従業員の人影ひとつない。警備員さえいない。たまたま休みなのだろうか。それとも、いつもこんな感じなのだろうか。

「…………」

貞夫が緊張しながらその工場を見ていると、靖子が、

「前には来たことがあるの？」

と訊いてきた。貞夫はうなずいた。

「まだ子供の頃に――しかし、外観は全然変わっていない」

「すると、改装されたってのはやっぱり眉唾《まゆつば》ね」

「おい、見ろ――あそこの扉、開いてるぞ……！」

貞夫が指さした裏口のひとつらしき、敷地を囲む塀《へい》に付けられた小さな扉は、確かにぶらぶらと風に揺られて、動いていた。鍵は――どうやら壊されているようで、ノブが変な風にねじれている。

「――あらら、なんか誰かが先に侵入したっぽいわね」

「俺たちも行くか……？」

貞夫が意気込んで言うと、靖子は少し彼のことを見つめて、

「……なんか、焦ってる？」

と訊いてきたので、貞夫はぎくりとした。常に冷静に事態に対応するのが彼のモットーであるが、それが乱れているのだろうか。やはり彼を行動に駆り立てた元凶に近づいているかもという高揚があるのか、それとも――別の心配事をごまかそうと、目の前のことに没入しようとしているのか。

（――いいや、そんなことはない。春海がどうしようが、俺には関係ない……）

彼はやや奥歯を噛みしめて、それから首を左右に振った。

「――今すぐに行かなかったら、きっと痕跡はなくなっちまうぜ」

静かな声で言った。すると靖子は、ふむ、とかるく鼻を鳴らして、

「まあ、そうかも知れないわね――多少拙速《せっそく》でも、行くときは行くか」

と車を、少し離れた路上に停めた。

二人は問題の工場敷地内に忍び込んだ。一応、警報装置などが作動していないかどうか確かめてみたが、その必要もなさそうだった。

開いているのは、入り込んだ裏口だけではなく、塀の向こうの建物のすべての扉がもう、施錠されていなかったのだ。

「ここは放棄、ってことみたいね――手遅れだったかしら」

「なんだか、変な音がする……」

貞夫の耳には、ざーっ、と遠くで雨が降っているような音が聞こえていた。もしくは川の清流のような……。

「あの建物の中からだな――行ってみよう」

貞夫が走り、靖子は後をついていく。その建物は敷地のほぼ真ん中に位置していた。しかし倉庫なども含めて四つある建物の中では一番小さい。

中に入るのは鍵が掛かっていないので容易である。二人はそれでも音を立てないように、慎重な足取りで入り口から奥の方に進んだ。途中で階段になり、上の方にしか道がないので、中二階のようなところに上がる。その通路には電気は点いていない。非常口の表示灯さえ切れて

いる。電気そのものがもう来ていないのかも知れない。

廃墟――そんな言葉が貞夫の脳裡《のうり》に浮かぶ。もはやここは建築としては死骸《しがい》なのか。

音はどんどん大きくなっていく。そして少し大きめの扉が半開きになっていて、その中を覗《のぞ》き込んでみると――そこは水浸しになっていた。

水、水、水――半地下の、広い空間を取った製造ライン設備らしきものが、完全に水没していた。そして音は、上の方に溜まっていた水が、扉が水圧で壊れて下に流れ落ちていくときの、その音なのだった。

そして――工場の跡とは思えないぐらいに、そこには何の臭いもなかった。それらは全部、そこに溢れている水が吸い取ってしまったかのようだった。

いくつも並べられている用途不明の機械類も、全部が澄んだ水の下であった。窓から差し込んでくる夕暮れの光が、その底まで届いていて、かつては床だったところに波紋を投影している。元々は密閉されて外部からの混入を防いでいたものが逆に、入れ物となって無色透明の静水を溜め込んでいた。

その上に流れ落ちる水の音だけが、動くものとてない空間に響いていて、後は――何もない。

「…………」

さすがに、貞夫は絶句していた。これはなんなのだ、と思った。証拠を文字通りに〝洗い流した〟ということなのか？　しかしそれにしては――あまりにも過剰だ。

「薄めた――のかしらね」

靖子がぽつりと呟く。貞夫はぎくりとして彼女の方を振り向く。

「なにかすごく濃厚なエキスみたいなものをここで生成していて、それを全部取り出した後でも、それが通過したパイプラインとその周辺にあったものを、とにかく希釈《きしやく》したかった――ということかもね」

淡々とした口調で言われる。しかしこの水はどういう理由で流し込まれたにせよ、

「……もう、痕跡は染みひとつないってことか――」

ということだった。その事実だけが歴然とそこにはあった。この水をこのまま別のところに移すことはとてもできないし、その際に他の自然物が混入して濁るのを防ぐこともできないだろう。これが統和機構の、足跡の消し方なのだ。すべてが薄まりきった後は、臭いさえ残っていない……。

「…………」

貞夫が茫然《ぼうぜん》としている中、靖子は別の場所に向かって移動していく。彼女がいなくなったことに数秒経ってやっと気づいた貞夫は、あわてて彼女の姿を捜し求めた。

彼女は建物の、製造ラインからは少し離れた隅の部屋にいた。そこで置きっぱなしになっているパソコンの前にいた。

バッグに入れていたらしい自前のノートパソコンをそれに繋《つな》げて、なにやらいじっていた。

「データなんかとっくに消されているんじゃないのか?」

貞夫が訊《き》くと、彼女はうなずいて、

「電気も来ていないしね——でも、その電源が切れているってところで、もしかして——って、ほら」

彼女はなにやら、画像らしきものをノートパソコンのモニターに出した。

それは工場の入り口付近を撮影していた警備用の監視カメラの画像だった。

「電源が急に切れたので、ハードディスクに入る前のデータが、そのままプロセッサに残っていたのよ」

映像はほんの数秒だった。その最後の瞬間に、ちら、と誰かが入り口をくぐるところが撮られていて、そして途切れる。

貞夫は、その人影を見て、

(——まさか)

と思った。はっきりと映っている訳でもないし、見間違えかも知れない、と——しかし第一印象ではその、少し歳を取った男の姿は、なんだか——。

「ねえ、今のってなんだか似ていなかった?」

靖子がそう言ったので、うっ、と貞夫は言葉に詰まった。やはり彼女もそう感じたのだ。

「やっぱり似ていたわよね——うちのクラブのリーダーの、六嶺平蔵に」

靖子はうなずきながら、映像をループさせて何度も再生させた。しかしやはり明瞭には映っていない。

「でも――だとしたら、どういうことなんだ？」

貞夫は混乱していた。クレイム・クラブのしきたりでは、他の者がしている調査には別の人間は一切関わらない、というものがある――だから今回の二人の同行は例外ではあるのだが、それにしてもこの前の会合では自ら〝危険なことには必要以上に近寄るな〟と言っていた、その六嶺本人が、どうしてここに来ているのだろう？

「――こいつは見なかったことにした方がいいかもね」

靖子がぽつりと呟いたので、貞夫は少しどきりとした。とっさに反論するのか、同意するのか、明確にできない自分を発見して、そのことに少なからず動揺していた。

彼は、自分の人生のためにクレイム・クラブをうまく利用しているつもりでいるが、しかしそれは他の者たちとて同様なのだ、ということに――彼ははじめて思い至ったのだった。六嶺平蔵がどういうつもりでクラブを作ったのか、よく考えてみれば彼は全然知らない。ただ金儲けのためだろうぐらいにしか思っていなかったが、しかし――

「…………」

しかし――彼はもう統和機構に敵対すれすれの立場に立っているという事実は、もう変えることはできない。後戻りの難しいところまで来てしまっている……。

貞夫があいまいな表情でいる間に、靖子はさっさとノートパソコンを外してバッグにしまい込んで、

「長居は無用みたいだわ。帰りましょう」

と立ち上がった。

貞夫も、それについていくことしかできなかった。他にできることは、何も思いつかなかった。

……二人の乗った車が再び街に入っていって、少し進んだところで貞夫は、

「……ここでいい」

と、妙に半端なところで車を停めるように頼んだ。

「え？　なんだったら駅まで送るけど」

「いや、かまわなくていいから」

そして貞夫は、特にバス停もタクシー乗り場もないところで、慌ただしく車から降りた。

彼は、そのまま夕暮れから暗い夜に変わりつつある街並みの中に、走って去っていく。どこに向かっているのか、それを見定めるには街はあまりにも混雑していた。

「…………」

それを靖子は無言で見送っていたが、彼の姿が完全に見えなくなったところで、車を再び発

進させた。

するとそのタイミングに合わせたかのように、彼女の胸元で、ぶるるっ、携帯電話が着信を告げた。

「――はい」

彼女はハンドルを握ったまま、電話に出た。個別設定がしてあるから、特別回線からの着信であることは既にわかっている。

〝――新しい指令だ、ティアジャーカー。受諾《じゅだく》できる状況にあるか？〟

それはおよそ、女性に向かっていきなり発せられる声とは思えないほど、冷たいものだった。

そして彼女――相川靖子という名前で普段は呼ばれているこの女性の姿をした者は、その声に負けず劣らずの感情のない声で、

「――了解。問題ありません」

と応えた。

4．

「…………」

ぼーっ、と観覧車の窓から見おろす街並みは、急に暗い闇に閉ざされていく。それを見なが

ら杉乃浦春海は、なにやら口の中でずっと、もごもごと呟いている。それは他人には聞き取れないものだったが、彼女は、

「……無駄なのに、無駄なのに……」

とばかり言っているのだった。これに、彼女をこの観覧車に無理矢理に連れ込んだ男は、

「高いところは苦手かい？」

と、妙に明るさを装った声で話しかけた。しかし春海は男の方を向かない。男はさすがに少しムッとしたが、すぐに立ち直って、

「ここから見る夜景がさ、すごく綺麗なんだぜ。こいつをぜひ君にも見てもらいたくてさ」

と軽薄そのものの口調で言った。しかしやはり春海は彼の方を見るでもなく、その綺麗な夜景に注目するでもなく、窓の外の空間のあらぬ方向ばかりを見ている。

彼女はぶつぶつと呟き続けている。

「……無駄なのに……ここにいないのに……いないところで私に、何をしても無駄なのに……意味ないのに……」

それはだんだんと、はっきりとした声になりつつあった。

「え？　なんて言ったんだい。何が意味がないんだ？」

「駄目なのよ……誰でも無駄なのよ……私にあれを起こさせないのは、貞夫だけなんだから……」

彼女の手が、スカートの裾を掴んでいる。

その指先が裾を、ごちゃごちゃといじくっている。

「は？　なんだって？　誰が、君を起こすんだ？」

「あなたよ」

急に春海は、男の方を向いた。

その眼がまっすぐに、男の眼を貫くように見つめてきた。

「あなたが私の〝ワン・ホット・ミニット〟を起こしてしまう……貞夫のいない、この狭い箱の中で」

正直、男は彼女が何を言っているのかほとんど聞いていなかった。どうせ女は支離滅裂な、自分にしかわからないような戯言《ざれごと》ばかり言うものだ、と思っていて、ナンパした女のお喋りなどは右に左に聞き流す癖がついていた。相槌《あいづち》を打つタイミングさえわきまえていればいいんだ、と高をくくっていた——そして彼からしたら、女が自分の方をまっすぐに見つめてきたときというのは、これは合図なのだった。

彼はほとんど機械的な正確さで、春海の唇に自分の唇を重ねた。その行為に慣れていた。

春海は特に逆らわなかった。

男は唇をいったん離して、それ以上の行為に発展させていいかどうか反応を見た。

そこには何の反応もなかった。

相変わらず、春海は彼のことをじっと見つめていて、そして表情も、微動だにしていない。

それは緊張しているというのは違って、なんだか仮面をつけているようにも見えた。

いや――あるいは逆に、あらゆる仮面が剝《は》げ落ちたので、もう何の表情も残っていない――そんな風にも見えた。

（な、なんだ――）

男はここでやっと、なんだか異常なものがあるということに気づいた。だがそれもせいぜい変な女に手を出してしまったのか、と思ったぐらいで、事の本質にはほど遠かった。いやしかし、ここでこの男を責めるわけにもいかない。

誰にわかるだろう――誰もがこの世界に生きていながら、その世界が安定している境界の範囲外のことなど考えもしないのだから、彼も当然、そのときに自分の前にいるのがなんなのか理解できるはずもなかった。

それが〝世界の敵〟だということなど――。

「…………」

やや気まずい感じの沈黙が落ちて、やがて春海は眼を男から逸らして、綺麗な夜景と称する、眼下の街並みを見おろした。そして、ぼそりと呟いた。

「……みんな、燃えてしまえばいいのに――」

その呟きは、狭い観覧車のゴンドラの中で、妙に鮮明なものとして響いた。

やがて彼女たちの乗ったそれは、人々が立っている大地に、地面にと戻ってきた。

係員が扉を開けると、春海はすっ、と立ち上がって、そのまま男を無視して、一人だけで去っていく。

男は、なんだか落ち着かない様子で、外に出ていいものかどうか迷っているような感じだったが、係員の、

「お客さん、出て下さいよ」

という声に、不機嫌そうに、

「あ、ああ――わかってるよ」

と言って、外界に降り立った。

もう春海はその場から離れていたが、男は特に彼女を追いかけるでもなく、そのデートスポットとしては定番の臨海公園をふらふらとさまよった。

その顔が、ひどく歪んでいた。眉間《みけん》に皺《しわ》が寄り、苛立ちが露《あらわ》になっていた。不機嫌を通り越して、激怒している表情になっている。

そのただならぬ様子に、周囲の人も彼に不審の眼を向けている。

やがて男は、その通りに面した一軒の店の前に立った。

その店先には、機械仕掛けで手を振る大きなクマのぬいぐるみがディスプレイされていて、

道行く人々に愛想を振りまいていた。

「……………」

男はそのクマを一度見てしまってから、それから眼を逸らすことができなくなっていた。何故だかわからないが、そいつがひどく気に障るのだった。その可愛らしい塊が、とても無駄なものに思えて思えてしょうがない。

彼は自分の唇に熱を感じていた。そこがカッカカッカと、燃えるように熱い。炎症でも起こしているかのように、不快な熱を持っていた。

やがて彼の手が、そのクマに向かってゆっくりと伸びていった。まるで〝絞め殺してやる〟というような怪しげな手の差し出し方だったが——しかしそれにしては、一瞬後に慌てた様子で叫んで飛び出してきた店員の声はややヒステリックに過ぎた。

「——な、なにするんですか！」

あまりの大声に、男自身も、え、と驚いてその自分の手を見た——その指先が、なんだか妙に眩しい。

そこから吹き出しているのは間違いなく、炎だった。

指から火が噴いているのだった。

「——え……？」

男は茫然となった。自分から出ているものなのに、彼にはそれが何なのかわからなかった。

炎はすぐにクマのぬいぐるみに燃え移ったが、それと同時か、あるいは一瞬速く——男自身の身体中に広がっていた。

燃えるように熱い、という形容は嘘だな、と男は最後にぼんやりと思った——彼がその時に感じていたのは熱さではなく、その逆の——凍りつくような冷たさだったのだ。

「きゃあああああっ！」

悲鳴が上がった。周囲の人々のざわめきが広がっていく。

「こ、こいつ——クマと自分に火をつけやがった……！」

周囲からはそうとしか見えなかった。強力なライターでも持っていて、点火したのだという風にしか捉えられない光景だった。

人間から、なにか——ありえないものが強引に引っぱり出されて、それはなにもかもを焼き尽くしてしまおうという邪悪な傾向を持っていた、ということに思い至れる者など、まともな世界には存在しない。

「お、おおう、おおおう——」

燃え上がる男から聞こえる声は、もう喉《のど》から出ているのか、それとも炎で穴があいた肺から洩れ出す熱風なのか、判別することはできなくなっていた。彼の身体はがくりと倒れて、そのまま炎上を続ける……。

……そして、そこからさほど離れていない歩道に、杉乃浦春海はぼんやりとした顔のまま歩いていた。しかしこっちは、傍目《はため》には別に不審なところは皆無なので、誰も彼女の方など見ていない。

「……無駄なのに……」

彼女はまだ、ぶつぶつと呟いていた。その声の凍りつくような殺伐とした響きは、周囲に染み込んでいくようで、観覧車から降りた彼女が次に触れるものが何であれ、それもまたその冷たさに汚染されることは避けられないと思われた——だが、その呟きが不意に中断した。

「あ……」

その唇から、わななきとともに生気ある、熱いというよりも温もりのある吐息が漏れた。

その視線の先には、彼女の方に向かって走ってくるひとつの人影があった。

須磨貞夫だった。

＊

(——やっぱり、ここにいたか)

春海の姿を、大勢のカップルで賑わう通りに見つけた貞夫は、安堵《あんど》よりも疲労を感じていた。

彼女の姿を見つけた途端に、どっ、と肩に重い荷物が乗っかったような気がした。

彼女がにこにこと、実に罪のない笑顔を自分に向けていて、そしてどうやらその横には男の姿はないらしい——貞夫は顔をしかめながら、それでも一人きりの彼女の許へと走り寄った。

春海は落ち着きのない様子で、身体を左右に微妙に揺らしながら、それでもにこにことした顔は変わらず、

「や、やあ貞夫——どうしたの？」

と間の抜けたことを訊いてきた。別にそんなこと、彼女の方も訊きたくはないだろうに。

「別に——どうもしねえよ。それよりおまえは何だよ。連れはどうしたんだ」

「え？」

春海はきょとんとした。なんのことだか本当にわからなかったらしい。完全に頭から、さっきまで会っていたはずの男のことがなくなっていたようだった。貞夫はさすがに苦笑した。

「なんだかなあ——ずいぶんと自由だな。うらやましい限りだ」

彼は、頭に入ってしまった様々な事柄を消せそうになかった。さっき見たもの、そして自分の人生でこれまで経験してきたこと、未来に待っていると思われるもの——複雑な諸々《もろもろ》が、互いに相反しながら積み上がっている気がした。

とはいえ、このままクレイム・クラブのしきたりに従い続けるにしろ逆らうにせよ、どっちにしろ——。

（こいつに、そんなことを愚痴《ぐち》っても意味ないいな——わかるわけないいんだから）

そう思って、彼はまだぼんやりしている春海の頭に手をやって、ぐしゃぐしゃとやや乱暴に、髪の毛を掻き回すようにして撫でた。

「ち、ちょっと――」

と言いながらも、春海の方もなんだか嬉しそうだった。

「腹減らないか。なんか飯でも食ってこうぜ」

貞夫がそう言うと、春海は、

「――うん！」

と明るくはっきりとした声で返事をした。そこには余計な影は微塵《みじん》も落ちていなかった。

二人は連れだって、歩き出した――。


……そうなのだ、やっぱり貞夫がいると、そこには急に意味が生まれて、世界が全然違ったものになる――。

春海は、さっきまで己を取り巻いていた冷たい衝動を、もう自分でも思い出せなかった。そんなものがあったとは信じられないくらいだ。

いつでもそうだった。それが起きる瞬間の彼女と、こうして貞夫の側にいる彼女と、それはまったく関係がないかのように、バラバラに分裂しているのだった。そしていったん隠れてしまうと、その存在のかすかな痕跡さえ消えてしまう――。

今の彼女はにこにこと、彼の横にくっついて通りを歩いているだけだった。

「ああ、そういや――」

貞夫がふと思い出して、何気なく訊いた。

「おまえ、ブギーポップって知ってる？」

「へ？　なにそれ」

「いや、なんか女子高生の間で噂になってるっていう、死神」

「死神ぃ？　変なの！」

春海はほんとうにその名を知らなかった。クラスの中ではどちらかというと〝鈍くさい娘〟ということにされている彼女は、噂話の輪の中にあまり入れず、その話も聞いたことがなかったのだ。

「まあ、変なんだろうけど――なんでも人を殺して回っているらしい」

「殺してどうするの？」

「いや、だから俺が訊きたいんだよ。ほんとに知らないか？」

「うん、全然。どうして殺すの？　悪いヤツをやっつけてるの？」

「どうなんだろうな――まあ、そうかも知れないな。世界平和に反するヤツを退治しているのかも、な……」

そう言うときに貞夫の顔にちらと苦笑が走ったのは、自分も統和機構に逆らう存在であれば、その〝悪いヤツ〟に含まれてしまうのかもな、と思ったからだった。しかし、春海にそんなことを言ってもしょうがない。

「世界の敵を、殺して回っている——そういうものが、この世には存在しているの、かも……」

彼はちら、と春海の顔を覗き込むようにして見た。

自分が消されるようなことになったら、こいつは泣くかな、と思ったのである。しかし春海の方はあどけない視線を返してきただけだったので、それ以上は何も言わなかった。そんなことは考えてもしょうがない——。

そして二人はやや大きな駅前交差点に差し掛かった。

そのとき——春海の顔に、おや、というかすかな警戒が浮かんだ。交差点の向こう側に、一人の少女が立っていた。顔見知りだった。

スポルディングのスポーツバッグを肩から下げたそいつは同じ学校の女子生徒、宮下藤花《みやしたとうか》だった。

「——」

だがその宮下は、なんだかいつもの宮下ではないように見えた。

怒っているわけでもなく、悲しんでいるわけでもなく、左右が微妙に食い違っているような——とても鋭い表情をして、辺りを見回していた。

人間がそのような顔をしているのを、春海は初めて見た。

ほんとうに宮下だろうか、と思ってしまうくらいに、それはいつもと違っている。まるで何かを探しているようでもあった。

確かに、この辺にいたはずなのに——どこに消えた?

——と、そんな風なことを考えているような目つきにも見える。

「…………」

春海は声を掛けようかな、とも思ったが、相手はこちらに気づいていないようでもあるし、横には貞夫もいるし、と手を振ったりするのは控えた。

やがて信号が青になり、交差点に人が溢《あふ》れるようにして入り込んで、混じり合う。春海と貞夫と、そしてその左右非対称の表情をしたものは、そのまま雑踏の中に紛れてしまって、すぐに判別がつかなくなった。

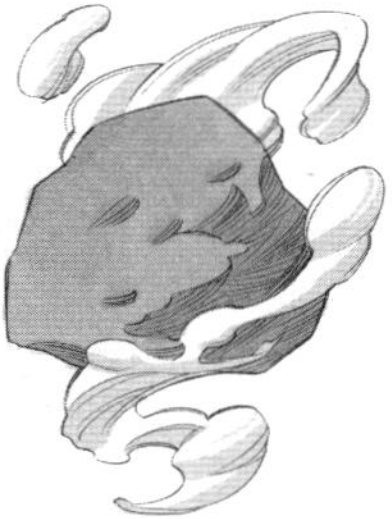

PARABLE2.

シシュポス

……死神の眼をごまかして生命を長らえるという、
世の摂理に逆らった罪で地獄に落とされた者のことを示す。
その罰として巨大な岩を丘の上に運ぶように命じられたが、
その岩は頂上に着いた途端に下に転がり落ちるようになっており、
厳しく退屈な苦行は無限に繰り返されるという。

1.

……ブギーポップの噂。

どうしてそれがそんなに気になるのか、相川靖子は自分でもよくわからない。

（ただの無責任な噂だとは思うんだけど——）

それをはじめて聞いたのは、彼女のあれこれの〝仕事〟とはまったく無関係な場所であり、状況だった。

あれは数ヶ月前のことだったろうか。彼女が、真夜中に何気なく入ったコンビニ——そこがナイフを持った強盗《ごうとう》に襲われたのである。店員が棚卸しのため少しだけレジから離れた隙を衝いて、その強盗はレジをこじ開けて金を摑んだのだった。

そいつは客がいないと思っていたのだろうが、そいつの死角には彼女がいたのだった。

（面倒くさいな——）

と思った。関わり合いになるのは御免だと思い、そのまま隠れてそいつが逃げるのを待つことにした。

だが、間の悪いことに強盗が逃げようと出口に向かったのと同じタイミングで、一人の女子高生が店内に入ってきたのである。後でわかったのだが、彼女は受験生で、夜中まで勉強していた途中で気分転換を兼ねて夜食を買いに出てきたところだったという。

「——え?」

その彼女は茫然となって、レジをこじ開けたナイフを持ったままで、片方の手には札束を握りしめている男を見つめた。

強盗は興奮しており、盗んだ端金《はしたがね》には見合わない無茶な行動をした——そのまま、女子高生にナイフで斬りかかったのである。

(——ちっ)

靖子はまずい、と思って物陰から飛び出した。ここで殺人沙汰《ざた》になったら、どっちにしろ大騒ぎになってしまって、見逃そうがどうしようが巻き込まれるのは必至だったからだ。

「——わっ!」

いきなり背後から掴まれ、関節を取られて、ねじあげられた強盗はたちまち靖子の腕の中で取り押さえられてしまった。暴れようとしても自由が利かないが、もがこうとする。靖子は面倒くさくなったので、

(靭帯《じんたい》を少し切ってしまうか——)

と、男の身体に体重を乗せて、肩の靭帯を何本か切ってしまう。状況が状況だから、傷害罪には問われないだろう。

うぎゃあ、という男の悲鳴が響き、そこでやっと店員が飛び出してきた。

「な、なんです？」

「強盗です――警察を呼んでください」

靖子が淡々と言うと、店員はあわてて電話に飛びついた。これでなんとか事態は収まるだろう。

やれやれ、と靖子が茫然と立ったままの女子高生に眼をやると、彼女は――強盗ではなく、その手から落ちたナイフを見つめていた。そしてぼそり、と呟いた。

「……ブギーポップかと、思った……」

聞き慣れない単語が、その口から漏れた。

それが靖子が、その名前を聞いた最初の出来事だった。


（……ブギーポップ、か――）

相川靖子の運転する車は、ついさっき須磨貞夫と一緒に入った工場に続く道へと、再び戻っていく。

（私が子供だった頃に、そういう噂があったのなら、私も――あのときにそう思ったのだろうか）

彼女の家に、強盗とされる者たちが襲ってきた、あのときに――そいつを死神だと思ったのだろうか。

（だったら――受け入れたのか、私は？　私が死ぬことを、そのまま――運命だと思って……？）

この問いは、別にブギーポップの名前を知る以前から、何度も何度も自分に問いかけているものだった。自分はどうして死なかったのか？　その意味は何なのか、と――そう、彼女がその〝システム〟に生命を拾われたそのときから――ずっと。

「――――」

車を走らせていた靖子は、人通りのない区域まで来たところで、それを停めた。

ドアを開けて、外に出る。

ふう、とすっかり暗くなった夜空を見上げる。

そして煙草に火をつけて、一服すると目の前が一瞬、自分の吐いた白い煙に遮《さえぎ》られてよく見えなくなり、そして――それが晴れた向こう側には、一人の男が立っている。

「ティアジャーカー、少し早いぞ。予定まであと二分もある」

そいつは彼女よりも一回りは若い。須磨貞夫と大して変わらないように見える。しかし世慣れた感じで学生のような弛《ゆる》んだ雰囲気はない。

「遅れるよりはいいでしょ？」

靖子は少し投げやりに言って、また煙草を吸う。

少年のような男はそんな彼女を見つめて、そして言う。

「あんた――煙草は止めた方がいいな」

「あん？」

「自分では気づいていないようだが——煙を吸い込む度に、左瞼がわずかに痙攣《けいれん》しているぞ。はっきりと外に見えるほどに血管収縮が起こっている——指先も多少は痺《しび》れるんじゃないのか。明らかに吸いすぎだ」

「医者みたいなこと言わないでよ——合成人間相手に」

言ってから、ああ、と彼女はうなずいて、

「あんたの能力名〝コールド・メディシン〟ってそういう意味なの？　薬品とか医療とかが専門ってわけ？」

「まあ、あんたよりはずっと、生体組織の構造について詳しいだろうな」

コールド・メディシンと呼ばれた男はあっさりと認めて、そして一枚の書類を靖子に渡した。

「リセットから預かってきた、次の指令だ」

「……本当に直接、あのお方につながっているの、あんたは？」

靖子はやや訝《いぶか》しげな顔をしながら、書類を受け取る。

「あんたってこっちに派遣されてきたばかりじゃないの？　新入りなんでしょう？　ええ、蒼《あお》衣《い》秋良《あきら》くん？」

それがこいつの表向きの名前らしいが、彼女はこの若い合成人間とは、まだ数回しか接触したことがなかった。

「統和機構には確かに新入りだが、まあ——あんたが合成人間になる前から実戦は積んでるよ」

蒼衣は肩を軽くすくめて見せた。

「まるで私の素性を知ってるみたいな言い方をするじゃないの」

「知ってるさ——あんたの家族の、例の事件が起きたのをニュースでも見たしな。その頃の俺は、能力をどう使えば〝人を殺さなくてすむか〟と研究していた頃だったから、あんたが助かったと聞いて、興味をそそられたものだったよ」

蒼衣は淡々とした口調で言う。コールド、という名称にふさわしい、冷たい物の言い方をする。顔つきも整っていると言えば聞こえはいいが、刃物のような鋭さがあって、決して好感の持てる顔立ちではない。

「…………」

靖子は渋い表情である。確かに——こいつは優秀な合成人間のようだった。実際こうして見ていても、隙がまったくない。そして向こうから見たら、彼女はきっと隙だらけに感じられるのだろう。

（私は——半端者だからな）

死にかけていた身体を無理矢理に蘇生させられて、そして能力を強引に植えつけられただけの——生まれついての戦闘用合成人間とは、格段の差があるのは否定できない。しかも記憶を消されなかったから、どうしても余計なことを考えてしまう――それがまた、枷《かせ》となっている。

彼女は渡された書類に眼を落とした。しかしそこには取り立てて変わったことは書かれていない。

「何にも変わっていないんじゃないの――相変わらずの現状維持ってわけ？　だったらもう放っといてもいいんじゃない？　わざと情報をリークしても、まともに調べようとさえしないのよ、連中は」

「その判断はあんたがする必要はないんだろう？」

蒼衣はせせら笑うような口調である。嫌なヤツだ、と靖子はあらためてこいつを嫌いになる。

「権限外ってこと？　それはあんただって同じでしょ」

「だから、考えない――意味のないことはな」

蒼衣の冷たい笑みは崩れない。

「他にも考えなけりゃならないことも多いしな。あんただって、そうそう任務のことばかりを考えて生きてるわけじゃなかろう」

「……合成人間が、合成人間に言う科白《せりふ》とも思えないわね。なにかの誘導？」

「さて、な」

蒼衣はとぼけた調子である。その裏に何かが隠されていたとしても、靖子はそれを見抜くことはできなかった。残念ながら自分とこの若い男とは、

（レベルが違う――）

それを実感する。こいつが問題にしていることは、彼女には遠すぎて届かないことなのだ。

「ところで――それにはまだ書かれていないことだが、ついさっき起きたことで、あんたにも気を付けておいてもらいたいことがある」

蒼衣が突然にそう言ったので、靖子はどきりとして、

「な、なに？」

と、やや焦って訊き返した。なにか良からぬ臭いがその声にはあった。

「この近辺で、若い男が不審な死を遂げたそうだ。いきなり街中《まちなか》で、全身火だるまになって焼け死んだらしい。火元は不明だ」

蒼衣は淡々と言うので、その恐ろしい内容があまり怖く聞こえない。医者が深刻な病気を軽い口調で話すのに似ていた。しかし無論、靖子にはその言葉の意味がわかる。その底知れない深刻さが。

「……何それ？　統和機構の〝処理〟じゃなくて？」

「じゃなくて、だ。合成人間同士の戦闘という訳でもない。警察に遺体を回収させて、調べさせているそうだが、おそらく――」

「……まさか」

「いよいよこの区域の担当であるあんたにも、本番が近いかも知れないな。覚悟を決めとけ。

統和機構の本来の使命だ」

「……調べろって？　クレイム・クラブとは別に」

「その判断はあんたがしておけ。まだ正式な任務が下されている訳ではない。しかし——先手を取られてからでは遅いからな。動くなら早めの方がいいだろ？」

「——」

靖子はやや押し黙る。覚悟——そんなものはない。いつだって彼女は、状況に押し流されるようにしてしか、生きてはこれなかったのだ。

「……しかし」

渡された書類をあらためて読んで、靖子はぼやくように言う。

「六嶺平蔵の監視は今のままでいいのかしらね。さっきあの男が、他のメンバーに先駆けて不審なことをしていた形跡を摑んだばかりなんだけど——その報告をする前にあんたが連絡してきたからさ」

あの工場跡に残されていた六嶺の痕跡は、あれは偽装ではない。あの男は間違いなく、あそこにこっそり忍び込んでいたのだ。

「なるほど。報告はしてもかまわないが——しかし指示そのものは変わらないと思うが」

「なんでよ？」

「六嶺平蔵がクレイム・クラブを創ってから、もう十年以上にもなるんだろう？　その間ずっと、あんたが担当するよりも前から監視していたらしいんだから、六嶺の不審な行動も前例があるんだろう——ある意味で、あんたよりもあの男の方がずっと統和機構に対して〝経験豊富〟なんじゃないのか」

「…………」

「いや、単なる印象だがな。俺だってクラブのことを知らされたのはごく最近なんだから、ま、気にするな」

蒼衣はまた肩をすくめた。

「…………」

靖子はやっぱり、この蒼衣を嫌なヤツだと思った。大して知らないはずのことなのに、当事者の彼女よりも状況を把握しているらしいこの男は、とても憎たらしい。

ふと靖子は、こいつにブギーポップのことを言ってみたらどうなるだろう、と思った。そんなものは馬鹿馬鹿しい噂だ、と一笑に付すか、それともなにか鋭い考察でも披露《ひろう》してくれるのか——しかし靖子はその問いを胸の奥にしまい込んで、発することはなかった。余計なことを言って、これ以上馬鹿にされるのは御免だった。

（……しかし）

自分には別の急を要することもできてしまったし、六嶺の行動を傍観するしかなさそうであるが、彼女が一緒に連れていった須磨貞夫の方はどうするのだろうか、とふと思った。余計なことはしない方がいい、と彼女も彼に言ってはみたものの――しかしあの妙にまっすぐなところのある少年は、それではすまないだろうなとも思う。

（……須磨くんは、ムキになってるしね――）

それはおそらく彼の若さであり、自分の優秀さを証明したいというだけの単純な自己顕示欲なのだろうが、だからこそ退くことを知らないだろう。

「なんだ、なにか引っかかってるみたいな顔だな。言いたいことがあるなら聞くぞ」

靖子は別に、と言い掛けて、それからニヤリと笑った。

「いや、クラブの中に気になる若い男の子がいるんだけどさ、手ェ出しちゃっていいかなあ、って」

わざとふざけた口調で言うと、蒼衣は苦笑した。

「好きにすればいいだろ。あんたの領域の話だ。しかし……」

蒼衣は表情をやや引き締めて、言う。

「……今はすべてに於いて、直には事に当たらない方がいいだろうな。離れた位置から調べるだけで、行動はシステムが安定するのを見届けてからにした方がいい」

「どういう意味よ？」

「大して意味はない。それこそ男と遊んでたりしてる方がいいかも、ってことだ。余計なことは控えてろ。しかし油断もするな。いつでも逃げ出せるようにな。まさかあんた、自分ひとりの能力で〝敵〟を倒せるとは思っちゃいまい？」

「…………」

靖子はふと、こいつは嫌なヤツだが、しかしそれは彼の言うことがあまりにも的を得ているからだ、ということに気がつく。

（こいつは——リセットの下で何をしているのかしら？　わざわざリセットが新入りのこいつを直属の部下にしたのは、何か特別な目的のためじゃないのか……？）

彼女が睨むように見つめると、蒼衣はまた口元に薄い笑いを浮かべた。

「せっかく助かった生命だろう？　大切にしないと、犠牲になったあんたの家族も浮かばれないぜ」

「……まるで自分にも家族がいたみたいな口振りね。合成人間の癖に」

嫌味っぽく言ってやったが、蒼衣はこれには返事をせず、そのまま背を向けて、去っていった。その後ろ姿はあっという間に闇に紛れて見えなくなる。

「…………」

靖子はぶるるっ、と身震いした。なにか嫌な感じが背中に張り付いてるような気がしてならなかった。

（須磨くん——あんたも、そう思ってる……？）

2.

クレイム・クラブには裏がある——。

それは確実だ、と須磨貞夫は思う。だがその裏というのが何を志向しているのか、それが今一つはっきりしない。

(うーん……)

カレーセットの皿を前にして、貞夫が考えにふけっていると、

「どうかした？　おいしくなかったの」

向かい合って座り、こっちはハンバーグセットを食べている春海が訊いてきた。

「いや、そういうんじゃなくて、少しぼーっとしてただけだよ」

と言って、貞夫はスプーンでカレーを口に運ぶ。しかし実際のところ彼の口にはそれはやや辛すぎた。香辛料がきつすぎるのだった。ごまかすために水を盛んに飲み、サラダも口に運ぶ。どこにでもあるファミリーレストランの、よくいるカップルの光景である。

「ねえ貞夫」

「なんだ？」

「なんかさあ、頭の中がもやもやしない？」

彼女は唐突に変なことを言いだした。貞夫はまたか、と思うが、しかしこのときは妙に素直に、

「ああ――なんかな。最近どうもすっきりしないな。色んなことが、もやもやしてて――自分が何考えてるのかわかんなくなるな」

と答えていた。春海は顔をパッと輝かせて、

「そうでしょ？　そうなの。なんかそんな感じなのよ」

と何度もうなずく。

「なんだよ、おまえの方でもなんかあったのか」

「いや、私は別に大したことないんだけどさあ」

と春海は、自分がほんの一時間ほど前に何をしていたのかを完全に思考から欠落させて、あっさりとした口調で言った。自分でも忘れているのだから、その響きには嘘が欠片《かけら》もない。

「貞夫はずっと、難しい顔ばっかりしてるじゃない」

「顔は生まれつきだよ、ほっとけよ」

貞夫が苦笑すると、春海は、うん、とよくわからない相槌を打って、

「でも貞夫は、あんまし迷わないよね」

と妙にきっぱりと言った。

「そうかな――割とぐずぐずと考え込むぜ、俺って」

「あはは、何言ってんのよ」

春海は声を上げて笑った。

「私が迷ってたときは、いつも引っぱり出してくれるのに。あのときだって、今だって」

彼女の言葉に、貞夫はおや、と思った。今というのは何だろう、とその単語に違和感を覚えたのだ。迷うというが、ついさっきの春海はただ、男を振って街をブラブラしていただけじゃないのか——とそこまで考えて、そういえばこいつは別の男と一緒にいたんだな、とまたそのことを思い出して少し不快になった。それを振り切るために、

「あのときって——それって小学生ん時の、あの川のボートのことか？　よく覚えてるな、あんなこと」

と話を別の方に進めてしまう。

「貞夫だって覚えてるじゃない」

「まあ、俺はそうだけど——おまえは忘れてると思ったよ」

「忘れないわよォ——」

彼女は何故か、少しふてくされたような言い方をした。

「誰が忘れたって、私は忘れないわ」

それはひどく断定的な口調で、その無意味なほどの強さに貞夫はややとまどった。

（そんなに怖かったのかな？　でもあんとき、こいつは呑気《のんき》にぼけっとしてただけだったけど

な——）

そのときの記憶は、貞夫にとっては彼の自尊心の根幹に位置するようなものである。

子供の頃の彼は病気で、やがてそれは完治して長い入院生活からやっと解放されて、しかし自分に全然自信がなかった頃に、彼は林間学校に参加した。そのときにこの春海が川下りの体験学習の際にあやまって、周囲に人のいないところでボートに一人残されたまま川に流されて、漂流状態になってしまったことがあったのだ。

大人たちみんなが大慌てで探し出したのを見て、彼はなにか心に湧き上がるものを感じて待機していろと言われた場所からこっそりと抜けだし、彼女を捜しに行って、そして大人たちが誰も見つけていない内に彼女が乗ったボートを見つけて、これを助けたのである。彼女はぼんやりとしていたり、急に泣き出したりと、終始とにかく取り留めがなかったが、彼はその彼女を見て、よし——と思えたのだった。

（俺だって、やれるんだ——）

彼女を守ったことで、その自信の源ができたと感じた。だから統和機構のことを察知したときも、これに立ち向かってやるという気力が出てきたのである。彼の精神力の根本には、この杉乃浦春海が〝無事でいる〟ということがつきまとっているのである。

従って彼にとってボート漂流の一件はとても印象深いのだが、彼女にとっては単なる、子供時代には誰しも頻繁《ひんぱん》に出会う些細《ささい》なトラブルのひとつに過ぎないのではないか、とずっと思ってきたのである。迷子になったときのことなど、誰も一々覚えてはいまい。むしろ忘れたいとさえ思うだろう——。

須磨貞夫と杉乃浦春海。

この二人はどこかずれていて、そしてそれが放置されていた。気がつかないでもなかったが、どちらもそれには無意識にあまり触れないようにしているようだった。

「でもほんと、貞夫には迷ってるのは似合わないわよ」

春海はまだ、妙な断定調のままで言葉を続けた。

「別に……迷ってる訳じゃねーよ」

貞夫はやや気圧されつつも、彼女に反論した。

「ちょっとごちゃごちゃしてるだけだ」

「それって、あのクラブと関係あるの。女の人とか——」

春海に言われて、貞夫はぎょっとした。どうして彼女が相川靖子とのことを知っているのか、それとも当てずっぽうなのか——。

「——クラブはだから、少しばかりの小遣い稼ぎに使ってるだけで、そんなに大したもんじゃねーって」

弁解するように言ってしまうが、それがそのまま不安を表してしまっていた。

「…………」

春海はそんな彼をじろじろと見ている。それは少し上目遣いで、なんだか置いてけぼりにされた子供のような眼差しである。彼女のそういう顔を見ていると、貞夫はいつでも、どこか居たたまれない気持ちになってしまうのだ。

思えば彼女にクラブのことを漏らしてしまったのも、どこに行っていたのか、とこういう眼で責められたからであった。彼女のこの眼には、どうにも弱い。

「……なんか方針が乱れてきてんだよ。こっちの儲《もう》けと、あっちの儲けが一致しないっつーか。そんだけのことだよ」

「一致しない……」

春海は呟くように、その言葉を舌の上で転がす。

「貞夫とクラブの他の人が、一致しないのね」

「いやいや、だからそんなに深刻って訳でもなくてよ」

春海が妙に思い詰めたような表情になっていくので、貞夫はあわてた。しかし彼女はさらに、

「でも、今はまだやめる気はないんでしょう」

と訊いてきたので、貞夫ははっと胸を突かれる気がした。

「……まあ、そうだな」

それは認めざるを得なかった。もちろんそのことは考えていた。だがここで完全にクラブと接触を絶ってしまったら、統和機構への接近がさらに遠くなってしまう。せめて踏み台にでき

るくらいに利用してからでないと、クラブに関わった意味がない。

しかしそれは、あくまでも彼の問題であって、彼女に興味を持たれるのはよくない。だからさりげない調子で、

「もうちょっと儲けてからだろうな、やめるのは。でもこれ以上突っ込んで損をしないように気をつけなきゃな」

と、あくまでも損得だけの問題なのだという風に話にケリをつけてしまう。

「…………」

そんな彼を、彼女はじっ、と上目遣いに見つめ続けている——。

3.

クレイム・クラブの会合は基本的には月に一度で、特別な召集を誰かが掛けない限り皆が集まることはない。

貞夫がいくら気になるといっても、その特別召集を掛けるのは少し気が引けた。

(六嶺さんが疑わしいかどうかも、正直わからないしな——)

冷静になって考えてみると、相川靖子がどういう風にあの工場の秘密を勘《かん》づいたのかということもわからない。案外、最初は六嶺の方が早かったのかも知れない。しかし彼は、それを危

険だと思って皆には告げなかった、とか――。

（そういえば、それらしいことも言っていたし……）

貞夫には別に、クラブに忠誠を誓うといった心情はない。しかしそれでも明確に、クラブの実質的リーダーをはっきりと〝敵〟だと考えるのには抵抗があった。

（調べるにしても、慎重にいかないと――疑われては後々面倒だし）

六嶺については以前からある程度は知っている。そもそも表社会でも名が知れた実業家なのである。会社を四つも五つも経営していて、あの中華料理店も彼が筆頭株主である不動産管理会社が地主だ。色々なところに寄付もしているし、少年野球大会の後援などもしている。

後ろめたいところがほとんどない人物なのである。

（いや――そういえば、奥さんが長いこと病気で治療を続けているとか、どこかの別荘で療養しているとか、そういう話があったな……？）

どこかの病院に入院している、というわけではなく、しかし六嶺の妻は人前には姿を見せないのだという――しかしそれも、どちらかというと苦労人の彼を紹介する際の美談的な話ではある。

（だから金がいるのか？　それで危ないことに足を踏み入れつつも、しかし決定的なことには近寄らないという――その二面性の理由は、守るものが明確なためかも知れないな）

そう考えると、ますます彼を疑いにくくなるので、貞夫の困惑は深まった。

（とにかく――六嶺さんと話をしなきゃならないな……）

このままではこっちが秘密を握っているのか、身動きが取れなくさせられているのかわからない。こういうのは貞夫が最も嫌う局面であった。

（さて、どうするか――少し謀略《ぼうりゃく》めいたこともしなきゃならないかもな）

彼は、そんなことを思いながら朝食をとるために、自宅の階段を降りていった。その姿はほんとうにそこら辺の高校生と何ら変わるところない、平凡な姿であった。遅刻するから早く起きろ、とか怒られている普通の少年とまったく違わない。考えていることがどんなに平凡な日常からかけ離れていても、彼の存在はよくある家族の、その息子という枠の中にあった。

いつも彼は朝食は一人でとる。父親が早くに出勤してしまうし、母親もそのときに一緒に食べるからであるが、しかし――今日に限っては、まだ父が食卓についていた。

そして貞夫が下りてきたのを見て、うん、おはよう、と曖昧な表情で挨拶してきた。

（…………？）

貞夫は少なからず戸惑いを覚えた。考えてみたら、これまでの生活で父と朝に会うのは正月ぐらいだけだったような気がする。よく思い出せなかった。

「……おはよう」

貞夫も間の抜けた挨拶をしてしまう。

すると父は、うん、とよくわからない相槌を打って、それからおずおずと、

「おまえに、その――手紙が来ているぞ」

とテーブルの上に置かれた一枚の封筒を指差した。

「……手紙?」

それは綺麗な上質紙の白封筒で、いわゆる役所からの通知などとは決定的に違う感触の郵便物だった。

その差出人の記載箇所にははっきりと〝六嶺平蔵〟という名前が書かれていた。

(………!)

さすがに驚愕《きようがく》した。なんでわざわざ自宅に郵便など送ってくる必要があるのか、まずそれが想像を超えていて、判断が停止する。

「おまえ――六嶺さんを知っているのか?」

父が訊いてくる。どうも六嶺平蔵のことを知っているようだ。知っていてもおかしくない。

「あ、ああ――いや」

どう答えていいのか、ひどく戸惑う。

「だから、その……例の株式の、そう――六嶺さんの研究会みたいなものに顔を出したことがあって」

彼が社会勉強という名目で株をやっているのは両親共に知っていることであり、それに絡めるしかない。しかしそれはある意味で本当のことでもあるので、貞夫は居心地が悪くなる。

「ああ、そういうことか——株ね。おまえは最近はどうなんだ？　儲かっているのか。あんまり無茶はするなよ。金なんか持ちすぎていてもいいことはないんだからな」

「……まあ、そこそこだよ」

しかしそういう父だって、仕事がなくなったときにはあんなに焦りを隠せず、金がなくなったことを嘆いていたのである。酔っぱらって泣いているところを何度も見ている。だからこの言葉が単なる形だけの、親なのだから何でも一応は上から意見を言っておかないという程度の意味のない説教であることはわかる。その程度のことにはもう、貞夫は一々腹を立てない癖がついていた。

「勉強の方はどうなんだ？　成績は悪くないようだが、油断するとすぐに落ちるぞ」

「大丈夫だよ——そんなに本気で株とかやってる訳じゃないし」

本気なのは〝統和機構〟に対する姿勢だけだ。あとは受験も金儲けも、単なる偽装であり、道具だ。

「……そうか。しかし、まあ、無理はするなよ」

父はまだ何か言いたげのようだったが、しかしそれ以上はもう何も言うことがなさそうだった。

貞夫は、とにかく六嶺の手紙のことが気になるので、何気ないふりをしているのが限界になってきて、

「じゃあ、今日は早く出るんで――」

と、朝食も取らずにそのまま手紙をカバンに突っ込んで出掛けていった。

「ああ――それじゃ」

父は不慣れな様子で息子を送り出した。

そして、ふう、とため息をつく。ずいぶんと老け込んでしまったような、そんな背中である。

するとそこで、台所の方にずっといたのに、何故か今まで出てこなかった母親がやってきて、

「お父さん――ちゃんと訊くっていったのに」

と問いつめるような口調で言った。

「しかしな、なかなか――」

貞夫の父、須磨隅男《すみお》は弱々しく首を左右に振った。そしてぼそりと呟く。

「――六嶺さんは、どういうつもりであいつに近づいてきたんだろうか」

「やっぱり――貞夫を連れていくつもりなんでしょうか……？」

貞夫の母である須磨芳子《よしこ》は不安げな様子でうつむいている。

「馬鹿な！　今頃になってそんな――第一、あいつに手術を受けさせるときの約束では、本人の意志次第ということで――」

言いかけて、隅男ははっ、と口をつぐむ。そのことについて、この夫婦は十何年も決して口にしなかったのが、ついぽろっとこぼれてしまったのだった。

「…………」

芳子は今にも泣きそうな顔になっていた。

4.

六嶺平蔵の手紙には、それ自体ではさほど意味のあることは書かれていなかった。

〝少しクラブの今後の運営について話したいから、全員ではなく、その分野に関わっている数人で会いたいと思う——君もその中の一人だ。どうしても来れないなら、来なくてもさほど支障はないので、気にしないように〟

というようなことしか記されていない。日時は書かれているが、場所の記載はない。ということはあの中華料理店であろう。

（それにしても、どうして手紙でわざわざ……？）

その妙に持って回った感じのするやり方に、貞夫はどうしても警戒する。出欠の返事をせよ、ということは一切ないので、当日になるまで出るかどうかの判断を保留しておくしかないな、とそこは割り切って考えることにした。

しかし家を早めに出てしまったので、今日はもうこのまま学校に行くしかない。出席日数の計算やテスト前との調整からすると、今の時期は実はそんなに行く必要のない期間ではあるの

だが、やむを得ない。出なければならない時期は時期として存在するので、時間を無駄にしてしまうことになったが、ここは、

（授業の間に、色々と考えてみるゆとりができたと思えばいいか）

ということにした。なんだか言い訳じみた方向にばかり思考が向いているのが嫌な感じだが、これは我慢するしかない。

久しぶりに、何の目的意識もなく行く学校は、なんだか意味もなくごちゃごちゃして見えた。あまりにも、無駄に人が多すぎる気がした。きちんとした目的や方向性もなく、ただ枠だけがあって、その中に雑多な物が押し込められているような——そのくせ、その中は密度が濃いわけでもなく、だらん、と弛緩《しかん》しているのだ。

ホームルームの時間、教師が前で何かを喋っている。しかしその内容は貞夫の耳にはほとんど入ってこない。

ぼーっとしているのだが、しかし完全に無心というわけでもない。どこか押しつけがましい教師の声が鬱陶《うっとう》しいとも思っているし、出席日数はあとどれくらい必要かなという計算を頭の片隅でしていたりもするし、窓から差し込む日光が眩《まぶ》しいので、カーテンを閉めたいなと感じ、しかし今立ち上がって窓のところに行ったら、無駄に目立つから面倒くさいなとも考えていて、その実、そのどれもが全然明確な形になっていない。何も考えていないのと一緒だった。それでも頭の中は無駄な想念で一杯になっていて、教師の話の内容そのものはまったく、頭に入っ

ていかない。

（…………）

彼は無言であるが、クラスでは何人かがぼそぼそと教師を無視して話している。その話だって何の切実さもない、どうでもいいような中身のない会話だ。教師もそんな会話など耳に入らないかのように、自分の話を勝手に進めている。

（なんて無駄な、どうでもいい時間だ――）

心の底からうんざりする。こいつら、何が楽しくて生きているんだ、と周囲すべての人間が途方もない愚か者に思えて仕方がなくなっていく。

こいつらは自分たちの世界の裏側では何が起こっているのか、その敵の危険など考えたこともなくて――自分たちがどんなに間抜けな立場に置かれているのか、全然知らないままで――。

「そういや、あれって間抜けだよな」

「なんだ？」

「いや、あの焼け死んだヤツ」

「ああ、あの話か。何のつもりでぬいぐるみなんか燃やそうとしたのかねえ」

クラスメートのどうでもいいような会話を、耳に入れるつもりもなく、なんとなく聞き取ってしまう。結構不穏当な話をしているようだった。

（焼け死んだ？　なんのことだ？）

いつもならば、朝のニュースを一通りチェックしてから一日の行動を始めるようにしているのだが、今日は六嶺の手紙などでバタバタしていたせいでそれを怠っていた。だから彼は、自分が杉乃浦春海と会ったほんの数分前に、ごく近くで起きていたその事件のことを、この時点ではまったく知らなかった。

だが――それでも、そのぼそぼそと喋っている連中の会話から、なんだか――嫌な一致があることに気が付かざるを得ない。

（その男が、深陽学園の生徒だったって――そんな偶然が、そうそうあるものなのか……？）

彼の手が、ガタガタと細かく震えだしていた。話の内容を、いつのまにか全身全霊で集中して聞いていた。するとそのとき、二人の笑い声があまりにも目立つ感じになったので、さすがに教師が、

「おい、森田《もりた》と田中《たなか》！　静かにしろ」

と注意した。言われた二人は、ちょっと肩をすくめて、しかし殊更に逆らおうという感じでもなく口を閉じようとした――だかその瞬間、貞夫が反射的に、

「やかましい！　引っ込んでろ！」

と教師に向かって怒鳴ってしまった。

教室中が、しん、と静まり返り、貞夫は、はっ、と我に返る。

怒鳴られた教師は、まさか自分に向かって言ったのだということには、さすがに理解が及ば

ず、単にびっくりしていた。

貞夫は、特に恥ずかしさを感じたりはしなかった。だがもうこれ以上はここにいてもしょうがない、という空気だけは察した。

「……気分が悪いんで、早退します」

と言い捨てると、カバンも何もかも置いたままで教室からすぐに外に出た。

そしてその足で、すぐにこの学校で数少ない話し相手である女——進学クラスの田代清美のところへ向かう。

清美のクラスの方では、もうホームルームが終わっていて、がやがやと騒がしい乱雑な空気がドアの外からでも察せられた。

貞夫が室内を覗き込むと、清美は騒がしい皆から少し離れて、一人で参考書を読んでいた。

「——おい、田代」

彼が声を掛けると、清美はびっくりして顔を上げた。

「あ、ああ——え？　す、須磨くん……？」

「ちょっと話がある。来てくれ」

「え——」

周囲の生徒たちは、学校でも指折りの成績優秀者たちの、不穏なやりとりを注視している。

貞夫は皆が怪訝《けげん》そうに見ているのにもかまわず、強引に清美を教室の外に連れ出した。

「おい、おまえが昨日言っていた、あの女ったらしって——焼け死んだヤツなのか？」

唐突な質問に、清美は戸惑うばかりである。

「な、なんのこと……？」

「だから——」

貞夫は苛立ちを隠そうともせずに、清美に詰め寄る。襟首《えりくび》を摑んで、吊《つ》り上げる。

「おまえが偉そうに言ってた、あの深陽の友だちとやらから何か聞いていないのかよ？」

そのあまりの剣幕と、眼光の異様さに清美は完全に怯《おび》えてしまって、

「い、いや——何も、何もわかんないから……何を言ってるのか、わかんないわ……！」

と半泣きで首をただ、横に振り続ける。

貞夫は、ちっ、と舌打ちして、そして清美を突き飛ばすようにして離し、そのまま足早に去っていく。

「………」

清美は怖くて、小刻みに震えている。彼女は、今までは普通に話していたはずの男の子が急に凶暴な面を見せたことにも焦っていたが、それ以上に怖く感じているのは、

（——す、須磨くん……なんだか、あなたは——もう……）

こっちの世界には戻ってこないのではないか、と感じてしまっていたからである。

そしてそう思ってしまったときに、自分の心に生じた動揺の大きさに、最も戸惑い、最も恐

怖を感じていたのだった。

彼がもう、二度と自分の前に現れることがないかも知れない——そう感じたときに、急にものすごい不安が胸の奥から湧き上がってきたのである。

「…………」

彼女が立ちすくんでいると、こそこそと様子をうかがっていたクラスメートたちがやってきて、

「なあに、何を言われたの？」

「なんか変なヤツよね、あいつ」

「嫌だわ、気持ち悪い」

と口々に清美を慰め、貞夫を責める言葉を掛けてくる。しかしこれに清美は何も答えず、

「…………」

と貞夫の去った方向を見つめるばかりだった。

PARABLE3.

タンタロス

……永遠に飢えと乾きに苦しめられるように罰を与えられた者のことを示す。

水も食べ物も、あらゆる恵みはその者が近くに来ると遠ざかっていき、決して手に入らないという。

1.

「……なんだか、やけに人が死ぬよな、この学校──」

　問題の、炎上して死んだ男子生徒が通っていた県立高校の方では、騒ぎが他の場所よりさらに、もっと大きくなっていた。

「いなくなっちまうヤツも多いよ。絶対変だよ」

「なんかに祟《たた》られてるんじゃないのか」

「なんかって、なんだよ」

「ほら、何年か前に飛び降り自殺した先輩がいたじゃん。あの女とか」

「やめろよ、なんかリアルに怖くなってきたよ──」

　そして、もちろん死んだ男子生徒がその前に、死亡した現場の近くに杉乃浦春海を呼びだしていたことも知れ渡っていたので、彼女にも関心が集まっていた。もしかして何か関係が──と、誰もがそれを勘ぐっていた。

　しかし、その当の春海自身はその日、学校に姿を見せなかった。

　そしてそれは杉乃浦春海だけでなく、彼女のクラス、およびその周辺の数名の女生徒も同様だった。だがその事実に教師は誰も気がつかず、そもそも彼等は生徒の間では周知のことであった焼け死んだ生徒と春海の関係についても知らなかった。その日はすべての授業が中止になり、各クラスで事件について話し合う時間が持たれたのだが、その出席率は全体の半数以下だった。受験に熱心な生徒は、その日の出席は取らないとわかった時点で予備校に自習しに行ってしまったりしていたので、誰が来ていて、誰が来なかったのかということ自体が不明瞭であった。

そのいない生徒の中には、宮下藤花というあまり目立つことのない女子の名もあったが、これも誰にも気がつかれなかった。

*

「…………」

そもそも、杉乃浦春海は朝、自宅から出た時点で既に、学校とは別方向に足を向けていた。

その顔には、日常の彼女に見られるどこかぼんやりしたような雰囲気はなく、冷え切った氷のような眼をしていた。

しばらく歩いていく。最初は人通りのある道だったのだが、やがて閑散とした、午前中はがらんとしている公園の中に足を踏み入れていく。

「…………」

立ち停まり、わずかに空を見上げるような仕草をした。そして、ふうっ——と大きく息を吐いた。

「ああ——ほんとうに、面倒くさいわ……」

彼女が誰にともなくそう呟いたとき、その背後から五人の少女たちが公園に入ってきた。全員、春海と同じ制服を着ている——深陽学園の、同学年の生徒たちだった。

彼女たちは一様に、厳しい顔つきをしている。敵意が剝き出しで、しかもそのことにためらいのない表情を隠そうともしていない。

「ちょっと、あんた——」

彼女たちは声を掛けてきて、ずかずかと近づいてきた。周囲に誰もいないのを確認してからの接触だった。

「どこ行く気よ？　学校には来ないつもりだったわね」

「逃げようったって、そうはいかないわよ」

明らかに彼女たちは、家から春海を付け狙っていたのだ。その目的は——

「あんた、坂崎《さかざき》くんに何したのよ？」

憎悪の籠もった声で問いつめてきた。

「なんのこと？」

春海は冷たい表情のまま、ほんとうにわからない、という感じで訊き返した。これで少女たちは皆カッとなった。

「とぼけないでよ！　あんたが昨日、坂崎くんと会ってたってのは、みんな知ってるんだからね！」

「やっぱり怪しいわ！　あんた、絶対になんか知ってるわ！」

「何を隠してるのよ！　白状しなさいよ！」

口々に叫びながら、春海を取り囲む。一斉に責め立て、容赦しない。金切り声が四方八方から喚《わめ》き立てる。

しかし、普通の人間であれば居たたまれないはずの、この状況でも春海は平然としていて、

「ああ――あれか」

と、妙に緊張感のない声を上げた。

「すっかり忘れてた……そういえば、そういうものもあったか。あれが引っかかってたのか」

それはその場にいる、誰に向けての言葉でもなかった。

「何か引っかかってるって、感じてたけど……あれが騒ぎになりかけてるってことか。それに近寄らないように、って、そういう直観だった訳ね」

ぼそぼそと呟く、その声はひどくその場の張りつめた雰囲気から遠かった。

まるで彼女だけが、別の世界にいて、この世界にはいないような――あの世から聞こえてきているような、そういう声だった。

他の者たちは、その彼女の様子の異様さに気づかない。

「何またぼーっとしてるのよ」

「だいたいあんた、愚図な癖に生意気なのよ」

さらに春海に詰め寄る。彼女たちは皆、自分たちの願望や欲求が阻害されていたことの苛立ちから、目の前にいるものがなんなのか、観察して想像する余裕を失っていた。もしも少しでも慎重であったなら、彼女たちはこれまで自分たちが接してきていた杉乃浦春海など、この場のどこにもいないということに気づいていただろう。

そこにいるのは、世界に対する敵意だけだった。

彼女たちが生きている世界の何もかもが許せない、底無しの怒りの塊——それを完全に表現する言葉はこの世にはない。その言葉を含めた世界そのものが気に食わないのだから——説明もなければ、道理もない。

ワン・ホット・ミニット。

彼女は自分のその傾向のことを、そう名付けて呼んでいる。

それはほんの一瞬で沸騰するほどの熱、というような意味である。その名の通りに彼女のそのスイッチが入ってしまったら——発動するまでの時間はまったく要らない。

だから——彼女を糾弾するために少女たちが次々と手を出してきて、彼女を四方八方から突き飛ばしたとき——その身体に触れてしまったときには、もう手遅れだった。

――ぞくっ、

という這い上がるような猛烈な寒気が、少女たちの背筋から首筋に掛けて貫くように走った。

そして、頭に、脳髄に、いつだって本来の潜在能力の三割程度しか使われることのない器官に、その最も深いどこかの部位に、凍りつく刃が突き刺さる。

それは眠っていたものを呼び起こす――人の生命の深奥に潜んでいる、その傾向のことをある者は死の衝動と呼び、ある者は破壊願望と呼ぶ。しかしその正確な呼び方など本当はどこにもない。それは誰にでもある〝何もかもが燃えてしまえばいい〟というような、あまりにも単純な放棄への意志の源泉だった。

そう、杉乃浦春海の能力は、他人の潜在能力を強引に目覚めさせて、その制御を乗っ取ってしまうものだったのだ。それは喩《たと》えるならば、真っ白いキャンバスに赤い絵の具を一滴、ぽとり、と垂らすようなものであり、それを受けた者はもう――二度と元には戻れない。

「…………っ?!」

少女たちは一斉に身を退《ひ》いた。そこへ春海の冷たい声が響く。

「――どうせ下らないことしか考えられないんだから、考えなくてもいいわよねえ?」

せせら笑うように言って、そして指をくいっ、とひねるような仕草をした。

すると少女たちは同時に、まるでダンスでもしているかのような正確に同じ角度で上体を前に倒した――お辞儀をした。

（……え？）

彼女たちの意識に、最後に残っていたのはかすかな疑念だけだった。どうして自分たちはここに来たのか、ということが、どうしても思い出せなくなっていたのだった。焼け死んだ少年のことが気になって――というには、あまりにも自分たちは先回りし過ぎていたようなまるで杉乃浦春海が学校に着くのを阻止するかのように――何のために？

（誰の、ために――）

それが最後だった。彼女たちの意識を支えていた箇所は、自らが発する熱によって燃え尽きていた。

「もちろん、私のためによ――あんたたちは、私が〝危機〟に遭遇するのを、前もって防いでくれたって訳――今、学校にはなにかがいる。私はそれと出会うわけにはいかないのだから」

春海がもう一度指先をくいっ、とひねると、少女たちはふらふらと身を起こした。

その表情には、もう何の色もない。そこにはすべての意志が消滅していた。

「あんたたちが〝燃え尽きる〟まではあと少し時間がある――そのように燃やしている。だからその間に、あんたたちには私の〝盾〟になってもらう。私を殺そうとする者に対する〝武器〟にね――」

杉乃浦春海は、もちろん知っている——彼女が世界を嫌いなように、世界の方も自分を排斥しようとして、いたるところで攻撃してくるであろうことを。向こうが容赦しないのだから、こっちも遠慮はしない。何もかもを燃やし尽くしたってかまうものか。

しかし——それでも、

「……そうだ、あんただったわね」

春海はぼんやりと立ちつくしている少女たちの内の一人に目を留めた。

「田代清美とかいう女と知り合いで、よく話をしているっていうのは、あんたよね——清美に何を漏らしたのか、全部聞いておく必要があるわ」

そう——田代清美を情報源のひとつとしている須磨貞夫の動向を、彼女はどうしても知っておかなければならないのだった。

たったひとつ——彼女がこの世界で嫌いでない、かけがえのないものを守るためなら、彼女はなんだってするつもりなのだから。

そう、あれはもう、十年以上も昔のことになる——春海と貞夫が親しくなった、そのきっかけの出来事があったのは。

……まだ二人とも小学生で、同じ公立の学校に通っていた。その日は夏休みの林間学校で、ボートでの川下りの体験実習をすることになっていた。

その頃から——既に、春海は自分が他人とは決定的に違っていることを、無意識的にではあったが半ば悟っていた。

だから林間学校でも、クラスの者たちからは少し距離を置いて、ひとりでいることが多かった。後でキャンプファイアーをするので、みんなで薪《まき》を拾ってくることになったときも、他の者たちはみんなグループで行動するのに、彼女だけはひとりで、ボートが繋がれているところに残っていた。他には引率の教師が残っているだけだった。

「なあ杉乃浦、君はどうしてみんなと一緒に行かないんだ？」

教師は馴れ馴れしく訊いてきた。彼女は前からこの大人が嫌いだったので、返事をしなかった。すると教師は表情を険しくして、

「おい、杉乃浦、おまえはどうして、いつも黙ってばかりいるんだ」

と彼女の方にやってきた。

「…………」

春海は返事をしない。

教師は彼女の方に近づいてきたので、彼女は逃げる。しかしその先には川がある。岸に繋がれていた、後で皆が川下りをするために用意されていた子供用のボートの上に乗って、迫る教師から離れる。

「ふざけるな。こっちへ来い」

教師はもう、あからさまな不機嫌さを隠そうともしていなかった。

「人を舐《な》めるのもいいかげんにしろ！　何だその眼は！　いつもいつもどんよりした眼で人のことを見やがって！」

その響きの力《りき》みはもう、教育的な注意という域を越えていた。

「………………」

春海は言われても、ボートの上から教師をじっと見つめ続ける。

そのときにはもう——わかっていた。

（私は、この大人を——燃やしたがっている。そしてこいつも、燃えたがっている……）

その認識が幼い少女の心の中で、揺るぎないものとして確立した。

「おまえのような生意気なガキには、大人の罰を与えなきゃならないな！　大人のことをよぉく教えてやる！　その身体にな！」

教師が、ボートを繋いでいるロープに手を掛けて、乱暴にそれを引っ張ろうとした。彼女を摑まえた後で、この男が何を彼女にするつもりなのか、その妙にギラギラとした眼にはべたついた湿気混じりの熱がこもっていた。

ボートが乱暴に引き寄せられ、教師の手が春海の方に伸びてくる——その寸前に、

「………………」

春海の方から、その男に向かって、すうっ、と手を差しだしていた。

そして、とても遠くから見るような眼で、男を見据える――それはあっち側とこっち側を明確に区別して、隔てるような、そういう冷静な意識のある視線だった。

「……ん?」

男はちょっと訝しげな顔になった。そのときの彼の心の中のことなど考えるほどのものではないし、何の意味もないことだった。この男にはもう何の価値もない。ただひとつだけ付け加えることは、こいつが正に――このときはまだ名前もつけられていない〝ワン・ホット・ミニット〟の最初の犠牲者になったということだけだった。

春海の指先と、男の手のひらがちょっとだけ触れて、そして――その瞬間に男の身体は、その全身がまるでティッシュに火を点けた時のように瞬間的に、ぼっ、と燃え上がって、そして燃え尽きてしまった。煙が一瞬だけ、ぼあっ、と巻き起こったが、しかしそれだけだった。

灰になって、周囲に飛散していく――水に落ちて、溶けてなくなってしまう。

そのあおりで、男が摑んでいたロープも焼き切れた。

ボートは岸から離れて、川の流れに乗って下りだしていく。

「――」

春海は、その上に乗ったまま、動かない。

心の中が妙に冷え冷えとしていて、まったく焦る気持ちがなかった。もうなるようになれ、と悟りきったような感覚だった。

どこに流されていくのか全然わからないが、どこに行こうが同じだ、という思いがあった。

水の音ばかりがやけに大きく響いていた。

見上げる空は曇りがちで、太陽がどこにあるのかよくわからない。

どこか遠くで、人の声がする。学校の者たちだろうか。しかし自分はもう、あの人々とは決定的に違ってしまっているのだから、何の関係もないのだろう。

ひとりぼっちだ。

そう思うと、なんだか変にすがすがしい気がした。どうせ、何もかも燃えてしまうのだから、ひとりであろうがどうしようが、何の関係もないという気がした。

「あーあ……」

口から何気なくため息が漏れたのは、自分の存在の空しさを思ってのことか、それともそんな自分にこれから燃やされてしまうだけの意味しかなかった世界に対してのものだったのか、春海はもうどうでもいいやと思った。

こうやって、今はボートは水の上を流されているが、これがいずれ陸と接したとき、彼女がその手を伸ばした者から燃えていき、その炎はどんどん他人に感染していって、やがてはすべてを焼き尽くしてしまうだろう——彼女はそれを止めようという気にならなかった。

だが、そんなときだった。

ボートの前方に石が投げ込まれて、ぼちゃん、という音が響いた。

振り向くと、向こう岸にひとりの男の子が立っていた。顔は見たことがある。同じ学年の少年だ。でも名前は覚えていなかった。

「おーい、おまえ流されてんの？」

少年はどこか呑気そうに訊いてきた。

「…………」

春海はぼんやりとその子を見つめ返した。まず燃やすのはこの子になるのかな、と思ったのだ。

もちろん彼の方は、そんな彼女の気持ちなど想像もしていないので、

「それとも、自分で流れていってんの？　泣いてないし、怖くもなさそうだし」

と、やっぱりとぼけた感じで訊いてくる。

「…………」

春海はぼんやりとしている。

ボートはどんどん流れていくので、その男の子はそれに合わせて、一緒に川縁を早足で歩いている。しかし焦っているような雰囲気はない。

「なあ、怖くねーの？」

「……怖くはないわ」

「そっか、そりゃすげえ。いいなあ、怖くないなんて」

彼はしみじみ、という感じでうなずいた。

「オレなんか怖くて怖くてしょーがなかったのに」

彼は大袈裟《おおげさ》にため息をついてみせた。

なんのことだろう、と春海は思ったが、別にその疑問をわざわざ訊く気もなかったが、彼の方で勝手に喋りだした。

「いやさ、オレさ。この前まで入院してたの。心臓の病気で。でもなんか、手術はとても成功しないって話で。ずっとびくびく怯えてたんだよ」

「……心臓？」

「ホントだよ。ほら」

と言って彼は上着をめくって見せた。胸のところに確かに、大きな傷痕が残っていた。でもそんなものを見せられても反応のしようがない——と思っていたら、川の幅が少しだけ狭いところに差し掛かって、川縁とボートの間の距離が縮まった。するとその彼は、タイミングを見計らっていたらしく、ぴょん、と跳んで、子供二人分の席しかない、小さなボートに跳び乗ってきた。

ぐらぐら、とボートは大きく揺れて、水が中にいくらか入った。しかしひっくり返りはせずに、何とか落ち着く。

「——あー、びびった」

彼は胸を押さえながら言ったが、春海は驚くというよりも、ほとんど呆れていた。

「……死にたいの？」

「は？」

「私に触ると、死ぬのよ」

説明するのも面倒なので、単にそれだけを言った。

すると彼は「ふうむ」と唸って、そして唐突に手を伸ばしてきて、彼女の手を、ぎゅっ、と握ってきた。

春海は今度こそ、本当にびっくりした。

しかし、それだけだった。

目の前の少年は、燃え上がったりはせずに、そのままの姿でいる。

どういうことなのか、春海にはまったく理解できなかった。ただ彼の手は妙に冷たく、ひんやりとしたものに感じられた。

「死なねーじゃん」

彼がそう言うので、春海は心底不思議そうに、

「……なんで死なないの？」

とだけ訊いた。

「そうだな、そいつはきっと——オレはもう一回死んでるから、かもな」

彼はうなずいた。

「だからさ、手術とかする一週間前ぐらいの日とかさ、寝てんだよ。来週はもう、こうやって夜になって寝ることもないかも、とか思うんだよ。おっかないんだ、これが。で、あんまり怖いんで、なんか——そのことにも飽きちゃって。どうでもいいみたいな気になって。だからじゃねーの？」

彼が何度も何度も、首を縦に大きく振るたびに、ボートがゆらゆらと揺れる。中に少しだけ入ってしまった水が、舟底でちゃぷちゃぷ音を立てる。後は妙に静かな世界が、周囲を包んでいた。

二人を乗せたこの頼りない子供用ボートは、まるで無限の大海をぽつんと漂っている、小さな方舟《はこぶね》のようだった。

「——私は怖くないわ」

「うん。だから、うらやましいなあ、って」

「なんで？」

「へ？」

「何で死なないの」

彼女は同じ言葉をまた繰り返した。そして急に早口になって、

「あなたが死なないだけなの？　あなたが特別なの？　特別で、変わってて、だから私が燃や

さなくてもいいって、そういうものがあるってことなの？　そうなの？」

と、混乱した内容を、混乱した口調で、混乱した表情で次々とまくし立てた。彼はきょとんとしていて、彼女が何を言ったのかさえよくわからなかった。

「悪い、なんて言ったの？」

「だから――」

言いかけて、しかしうまく言葉が出てこなくて、彼女は口をぱくぱくさせていた。そして突然、彼の手をぎゅっ、と握りしめたかと思うと――大声で泣き出した。

うわあああん、うわあああん、とそれはまるで火がついたような泣き出し方だった。

「なんだあ？　ちぇっ、なんだかオレが泣かしたみたいじゃんか」

彼はぶつぶつ言いながら、片手でボートの側面に結わえ付けられていたオールを一本外すと、それで河の水を掻いて、岸辺に寄せていった。

ぐずぐず泣いている彼女をボートから連れ出して、陸に戻った彼は、すいませえん、と大声を上げた。

するとと遠くの方から、がさがさと物音がして、大勢の大人たちが焦った調子で現れた。ボートが一隻なくなっていて、子供がひとりいなくなっているのがわかって慌てて探していた教師たちだった。水に落ちて人身事故にでもなったら責任問題になってしまうから、彼等にはどこか殺気立った空気もあった。それが一斉に弛《ゆる》む。

「ああ、その子か？　ボートもあるな。君は？」

「三組の須磨です。須磨貞夫」

彼は大人に名乗った。別に得意げ、という感じでもなかった。

春海がその名前を最初に聞いたのはこのときのことだった。彼女は彼からなかなか手を離すことができなかった。他の大人たちが彼女を引き取ろうとしても、怖くて彼等に触れない。しかし彼が一方の手を握っていてくれると、それだけで安心な気がして、心の中で燃えていたものが収まっていくような気もして、やがてその感覚さえも薄れて消えてくれた。

彼女が燃やしてしまったあの教師は、結局そのまま職場放棄の末に失踪《しっそう》した、という扱いで終わった。学校側も、そして彼の親類も、あまり真剣に探そうとはせずに、そのまま立ち消えになった。


そう――あれ以来、彼女は彼のことをずっと想っている。どうして彼なのか、という考えはすぐになくなった。ただ彼の存在を想うだけで、彼女の心の中にある燻《くすぶ》りは鎮《しず》まってくれる、それだけで充分だったからだ。あれ以来、何度か彼女は突発的に何人か燃やしてしまっているが、それもすぐに収まって、証拠を残さぬ形でうやむやになってきた。

だが、今回はそうもいかない――衆人環視の下で、燃やしてしまったのだから。

どうにかしなければならないが、それも須磨貞夫がどう思うか、ということにすべて掛かっていた。彼女には他の判断基準はなかった。

だから彼女は、彼に――また会わなければならない。

2.

相川靖子は、蒼衣秋良に言われた通りに昨日の事件を追いかけて、焼け死んだ男子生徒が通っていた県立高校の近くに来ていた。物陰に隠れているので、誰にも見つからないようにはしている。

この学校には全校生徒にＩＤカードが支給されていて、登校してきた生徒はすべて認証ゲートを通ることになるので、簡単に校内にいる生徒の名前がわかる。携帯端末から、完全に違法なアクセスをしてその内容を全部チェックする。

（さて、と――）

（――まあ、半分以上は来ていないな。来てももう帰っている奴もかなりいるし。事件の翌日だから無理もないか。なんか結構、長期欠席している生徒も多いな。なんだ？　この霧間《きりま》凪《なぎ》って女子はもう一ヶ月以上も、一日も来ていないのか。完全に出席日数が足りなくて留年だな、コイツは――しかしこうやって一覧を見てても、誰が死んだ奴の友だちとか全然わからないから、意味がないかも――学校のデータベースなんてアテにならないな。調べろって言われても、こういうの慣れてないから何していいのか、どうにも――）

心の中でぼやきながら調査を進めていた靖子は、その中に杉乃浦春海の名前があるのをうっかり見過ごしそうになって、あわてて見直した。

（これって――須磨くんの彼女よね、確か。他に同じ名前の人がいるとも思えないし。忘れてたけど、あの死んだ男と同じ学校だったか――でも、なんだろう……）

またしても嫌な感じがした。どうして彼女は登校すらしていないのだろう……そう言えば昨夜、須磨貞夫はなんだか妙に半端なところで車を降りていたが、それは例の炎上現場から結構、近い位置でもあった――そして彼女たちがあの工場に潜入している間に、炎上事件は起きていたのである。

（待ってよ、やめてよ――私って今、何考えてるの？）

混乱しているようで、しかし頭は嫌になるほど冴えていた。

確かめてみなければならない。それには誰か関係者に、つまり生徒に直接質問しなければならない。

（そう、杉乃浦春海が、死んだ男子と接触があったかどうか――それさえ確かめられれば、他の可能性がほとんどなくなってしまう――どうする？）

これを今すぐ報告すべきなのか？　それとも確認してからの方がいいのだろうか？

（いやいや、待って――ちょっと待って。じゃあ須磨くんはなんなの？　統和機構に興味を持っている彼は、彼女に利用されているっていうことなの?)

クレイム・クラブというのは、つまるところ統和機構の情報を得ようとしている団体である。それに彼氏を送り込んで、手掛かりを摑もうとしているというのならば、そういうことにしかならない——須磨貞夫は、彼女にはろくに教えていないとムキになって言っていたが、こうなるとそれも怪しくなってきた。

(やばい——かも……)

ずっとクレイム・クラブを監視していたのは彼女だ。それなのに、そのことにまったく気がつけなかったというのは——重大な責任問題になってしまうだろう。無能の烙印《らくいん》を押されて、不要品扱いにされてしまってもおかしくないはずで——。

(……やばい、マジでやばい、かなりやばいじゃないのよ——)

彼女が焦燥に駆られだした、正にその瞬間だった。

懐《ふところ》の携帯電話がいきなり着信を告げた。ぎくっとして慌てて取り出す。いや、でもこれは表社会との接触用のものだから、別に警戒する必要はないはずで——と思いかけて、しかしその表情がやはりひきつる。

そこに表示されている通話先は、クレイム・クラブのメンバーの一人、村松《むらまつ》からのものだったからだ。何度か同じ対象を調べるフリをして探ったことのある相手で、株のブローカーをしている独身の中年男だ。

（なんで、今――こういうタイミングで？）

電波を受けてしまった以上、やむなく出るしかない。ここで下手に拒否したら、何を勘ぐられるかわかったものではない。

「――はい」

〝ああ、相川さん。今ちょっといいかな〟

「なんですか？　あまり私たちは接触しない方がいいと思うんですが」

〝いや、実はね、六嶺さんのことで少し気になることがあるんだが――会って話をしないか？〟

言われて、靖子は少し迷った。これはつまらない口説きの手口に過ぎないのか、それとも本当に、六嶺平蔵の不穏な動きと関係があるのだろうか？

（クレイム・クラブのことで、少しでも情報が必要なときではある――リセットに言い訳する素材が必要だし……）

しかしもちろん、すべてが杞憂《きゆう》に過ぎないという可能性もある。正直、靖子は村松が嫌いだ。できるなら二人で会いたくなどない。だがいずれにせよ、時間の余裕はないのだ。

「……わかりました。重要なお話のようですね。でしたらさっそく、今からということにできませんか？」

彼女は刺々《とげとげ》しい調子を隠そうともせずに言った。

〝え？　そりゃ急だね。どうかしたのかい〟

「あなたから振ってきた話ですよ。今日でなければ余裕はありませんから、今この電話口でお話しください」

冷たい声で上から言いつけるように、一方的に話す。

〝まあ、それならしょうがないね。一時間後に、例の店で会おう〟

「この前会った店ですね。わかりました」

靖子は電話を切って、ふうっ、と深い吐息をついた。

（もうそろそろ、私がクラブに潜入しているのも限界——ここらが潮時か）

村松が話を渋るようなら、あいつを拷問《ごうもん》でも何でもして、持っている情報をすべて吐き出させてやる、そしてそのまま六嶺自身にも——と靖子は物騒なことを考えはじめていた。

不意に脳裡に、蒼衣秋良が言っていた〝今は自分から動かない方がいい〟という言葉がよみがえって、非常に嫌な感じがしたが、頭を振って不安を振り払う。

（こうなってしまったら仕方がないわ——大手柄を立てるか、殺されるか、二つに一つしかない）

彼女は携帯電話をしまい込み、きびすを返してその場から去っていった。

……だから彼女が背を向けた、その直後に問題の高校の前に、一台のスクーターが走ってきて、それから焦った様子の須磨貞夫が降り立った光景は眼に入らなかった。

3.

（――くそっ、しかし来たからと言って、どうすればいいんだ？）

貞夫はここまで乗ってきたスクーターを、道の隅の目立たないところに置いた。この軽二輪は普段は駅前の駐車場に置いてある彼の足のひとつだ。登校などには一切使っていないが、こういうタクシーなどを使えない状況では貴重な足回りである。

彼はとにかく徒歩で、少し辺りを動いてみることにした。

そしてすぐに学校の周りにいる、機会があれば生徒や関係者にインタビューしようとしているマスコミ関係者の姿を見つけて、舌打ちした。あんなのがいたのでは、学校側も警戒して、生徒を呼びだしてくれないかとか頼んでも無駄だ。校内にさえ入れそうにない。

（そもそも春海のヤツ、学校には来ているのか……？）

もしかしてニュースなども全然観ないで、そのまま来てしまって、みんなから「あれはどういうことだ」なんて詰め寄られているかも知れない、と思うと貞夫はまた焦り出す。携帯にも何度も掛けているのだが、電源を切っているらしくてまったく反応がない。

（あいつは本当に、いつでも危なっかしいからよ……！）

彼が方策を見出せずにじりじりしていると、少し離れたところから、ひとりの少女がふらふらと道を歩いてくるのが見えた。制服を着ている。この学校の生徒だ。

その顔に、貞夫は見覚えがあった。

（確か——田代の友だちだ。同じ予備校に通っているとかいう——）

田代清美から情報を取ろうとしていたときに、予備校の模試で何度か清美と一緒にいるところを見たことがあるし、話もした。一応、顔見知りとは言える。名前は思い出せなかったが、それでも貞夫は彼女の方に向かっていった。

「ああ、ちょっと——」

辺りに他の人間がいないことを確認してから、彼女に声を掛ける。

しかし少女の方は何かぼんやりとした顔をしていて、

「…………」

と貞夫を前にしても、特に何の反応もしない。

その眼を見て、貞夫はなにかぎょっとするものを感じた。

（……知っている）

そう思った。自分はこういう眼を知っている。前にも見たことがある——この底が抜けてしまったような、なにも手応えがない視線を向けられたことが、以前にもある——この体験は二度目だ。

それは彼が春海と初めて会ったときの、あのボートの上で揺られていた彼女の眼差しとそっくりなのだった。

「あ、あのさ——少しいいかな。訊きたいことがあるんだけど……」

と彼がおずおずと話しかけると、少女は彼の方に、ぎくしゃくとした動作で顔を向けた。

「……あー……」

喉の奥から、濁った音を漏らした。それはおよそ人間が発する声とも思えなかった。

そして——貞夫は異様なものを見た。その少女の開いた口から、何かが漏れだしていた。白いもやもやとしたもの——煙が口の中からこぼれだしていたのだった。そこだけ見たら、きっと煙草の煙を吐いたのだろうとしか思えなかっただろう。しかしそんなものは一度も吸っていないから、その煙は——何かが燃えているためとしか思えない。

しゅうしゅう、という導火線に火がついたような音がかすかに響いた。

貞夫は、わずかに身を退いた——だが、なにか自分がとんでもなく間抜けなことをしているような気がしていた。そんなことではとても足りない、というような、本能的な不安が全身を貫いた。

（まさか——爆発するのか？）

だが彼が逃げようとしたときには、もう遅かった。おそらくは自分に話しかけてきた者が何者であれ、自動的にそうなるように仕込まれていたのだろう——その少女は貞夫に向かって飛びついてきた。

しゅうしゅう、という音がさらに大きくなる。今や煙は口からだけでなく、耳の穴や身体中の至る毛穴のひとつひとつから噴き出してきていた。

「あー、あー、ああああ――」

口から漏れ出す異音が、その感覚がどんどん速くなっていく。

「うわ、やめろ――離せ……！」

もがくが、しかし少女の腕はがっちりと貞夫を掴んで、離れない――その手のひらがびっくりするくらいに熱くなってきて――思わず貞夫は悲鳴をあげかけた、そのときだった。

どこか遠くから、不思議な音が聞こえてきた。吹き過ぎる風の音のようでいて、それはなんとなく、だが決定的に音楽になっていた。口笛のようだった。しかしそれはおよそ口笛には向いていない曲だった。それはワーグナーの〈ニュルンベルクのマイスタージンガー〉の前奏曲だった。そしてその音楽が聞こえてきたと思った、正にその直後だった。

――ぷつん、

というゴムが切れたときのような、どこか軽い音が響いた。

そして、貞夫の身体をがっちりと掴まえていたはずの少女の身体が、彼からどんどん離れていく――宙を舞っていた。

(え……)

貞夫は、その彼女の身体になにか、ごくごく細いものが絡みついていて、それが少女を〝吊っている〟のだということに気がついた。しかしそれは一瞬だった。

ぼん、という鈍い破裂音とともに、少女の身体は空中で一瞬にして炎上し、火の粉を周囲にばらまきつつ拡散し、そして消失した。

「な……」

貞夫は、どうしていきなり自分から少女が離れたのかと思ったが、しかし眼を自分の方に落としてみると、そこでぎょっとするものを見つけた。

少女の腕が、地面に落ちていた。それからも煙が噴いており、すぐに燃えだした。

一瞬で、腕だけが切断されていたのだ。

だが――何者が、どうやって――と視線を周囲にめぐらせて、そこで貞夫は自分の眼が信じられなくなった。

この学校は山の上に建てられている。だから道を少し外れると傾斜になり、緑が植えられている――その内の一本の木の上に、奇妙なものがいた。

そう、それは人影なのだが、人というよりも筒のように見えた。それが突き出た木の枝の上に、すうっ、と重さを感じさせずに、立っていた。

黒い帽子に、黒いマントなのだろう――それらが全部、ひとつのシルエットを形成していた。

その黒の中に、白い顔だけがぼんやりと浮かび上がって見える。

（あ、あれは――）

貞夫は、反射的に理解していた。それのことを彼は知っていた。その人間が決定的に醜くなってしまう寸前に現れて、その生命を絶ってしまうという、噂の死神――

（……ブギーポップ……？）

彼は茫然としてそいつを見ていたが、しかし黒帽子の方は彼のことなどにはまったく興味がないようで、眼下に広がる街並みに眼を向けて、

「……既に、動き出しているか――」

と呟くと、その木からばっ、と身をひるがえして、あっという間にどこかに消えてしまった。

そんなものが、そこに存在していたことなど、もう信じることができなくなっていた。あまりにも実感に乏しい影は消えたら、二度と把握することはできない。

「…………」

貞夫は、その奥歯は気がついたらかちかちかちかちと音を立てて鳴っていた。全身から冷汗が噴き出してきて、そのくせ身体中が冬の海に落とされたかのように寒々としたものに包まれてしまっていた。

（な、なんだ……なんだ今のは――）

様々なことが頭の中でぐるぐる回っていた。今まで彼が信じていたこと、世界というのはこ

ういうものだという認識、それらのすべてが音を立てて崩れ落ちていくのを感じていた。彼は統和機構のことさえも知っているのに、それどころではない何かがあるということを、ここで悟ったのだ。

死神――そうとしか呼びようのないものが、平然とこの世界には徘徊《はいかい》しているのだ、というこの奇妙で不安定な事実。

そして世界の上を覆っている統和機構という巨大なシステムが、いったい何を目的として活動しているのか――その謎が今、ふいに解けたように思った。支配することが目的ではない。システムは〝敵〟に対抗しているのだ、と――身をもって実感した。

それは世界の敵、としか言い様のない漠然とした、しかし明確に歴然とした存在なのだ。統和機構を探っていくと時々行き当たる謎の単語〈ＭＰＬＳ〉とは、正にそういう存在のことに違いなかった。

（だが――そいつは、もしかして――）

貞夫の脳裡に浮かぶのは、この一連の出来事につきまとう、彼にとってはごく近しいある人物たちのことだった。

そう、それはばらばらに、彼の近くに二人もいる――。

PARABLE4.

ケルベロス

……地獄の番犬は三つの首を持ち、生きている者、死んでいる者、
そしてその領域を越えようとする者たちにいつでも襲いかかり、喉笛に牙を立てるべく、
常に闘争心に満ち、獲物に飢えているという。

1.

相川靖子は、クレイム・クラブのメンバー村松との緊急会合のために、街の隅にある半地下のレストランにやってきた。

店は開店直後で、他に客は誰もいない。

「やあ、相川さん。こっちこっち」

村松はもう先に来ていた。急に会うことにして、約束の時間よりも十五分早く来たのに、それでも普通にブランド物のスーツで決めているので靖子は、

（準備が良すぎる。この場に何か仕込んでいるかも知れない——）

と警戒を強めた。少なくとも彼女の方は何か仕掛けておくことはできなくなった。

それでも素知らぬ顔で席について、適当な品を頼んで店員を追い払うと、靖子は村松に厳しい眼を向けて、

「さて、では話を聞きましょうか」

と単刀直入に訊いた。

「まあまあ、そんなに慌てなくてもいいでしょう」

村松はへらへらしている。口元がだらしない。自分では魅力的な、優しいイメージの笑顔だ

と思っていて、女と一緒の時はいつもそういう顔をしているのがすぐにわかる。この男のこういうところが、靖子は嫌いなのだ。

「六嶺さんのことで、注意すべきことがあるんですよね？」

靖子は固い声で相手のペースには合わせない。村松は肩をすくめて、

「相変わらずお堅いねぇ。やっぱり過去が過去だけに、警戒心が強いのかな？」

と嫌味っぽく言った。

ぴく、と靖子の眉がひきつった。こんなつまらない男ごときに、彼女が生きてきた過酷な世界のことを云々されるのは我慢ならない。しかしここで怒ってもなんの益もない。

靖子は無言で煙草を取り出して、火をつけた。煙を深々と吸い込んで、相手に向かってやや乱暴に吐きだした。

村松が不快そうにそれを振り払う。この男が煙草を吸わないことは、クラブの会合の時の様子で知っている。きっと健康にも気を使っているのだろう。知ったことではない。副流煙でもなんでも吸い込んでしまえ、と思った。

「あなたは六嶺さんの、どちらかというと腰巾着《こしぎんちゃく》みたいな位置にいると思うんですけど、それでも彼の秘密を私に言うんですか。彼が怖くないんですか」

「いや、別に俺は六嶺さんを怖がっている訳じゃあないからさ」

村松は不快そうな顔のまま言った。

「そうですかねぇ――」

また煙を吹きつけてやる。村松は憮然とした表情で、

「そういうあなたはどうなんです。怖いものはないんですか」

と訊き返してきた。

「私は、色々なものを怖がって、警戒していますよ。相手の脅威もわからず向かっていくような愚か者ではありません」

靖子は紫煙をくゆらせながら言った。するとその煙の向こう側で村松が、かすかに笑ったように見えた。

「ほう、色々なものを、ね――それは例えば統和機構に対しても、やっぱりそういう態度でいる、と？」

その言葉に含まれる絡みつくような響きが、靖子の心の鋭敏な部分に引っかかった。不自然なものを覚えた。

そして――彼女の背後から、かちり、というわずかな、だが明確な金属音が聞こえた。それは銃器類の、撃鉄《げきてつ》を起こす音だった。

(――――!)

靖子は反射的に行動に移っていた。

合成人間ティアジャーカー。それが彼女のもうひとつの名前だ。利用価値ありとして記憶を

消されなかった彼女は、しかし高性能な能力の持ち主でもある。

能力名は〈トリーズン・リーズン〉――体内波動を集束させて、皮膚の表面を極端に硬くしたり、一部の筋肉と骨格を瞬間的に強化し、神経反応と肉体動作を加速することが可能なこれは、要は〝無敵の肉体を有する〟というようなものだ。スーパーマンのように鉄棒を曲げて、瞬間的には車よりも速く走り、そして――自分に向かって撃ち込まれた弾丸を、その合金よりも硬質化した拳で弾き返す。

弾丸は完全に背後から撃ち込まれていたが、それでも彼女はそれに対応した。弾かれた弾丸は天井に穴を開ける。

だが、この防御行動を取った瞬間に、靖子は後悔していた。しまった、と思った。

（今――弾丸は、わざと――）

彼女がそれを悟った瞬間、店の奥の方から、ぱん、ぱん、ぱん――という乾いた拍手の音が響いてきた。

振り向くまでもなかった。靖子は大きく、ふうっ、とため息をついた。

「――人が悪いですね、六嶺さん」

そう言って彼女が視線を向けた先のボックス席には、六嶺平蔵が平然とした顔で座っていた。いつの間に来ていたのか、狙撃の方は感知できても、そっちの方はまるで気づかなかった。

「いや、お見事――そういう能力か、君は。なあティアジャーカー」

六嶺平蔵は穏やかに微笑んでいる。

「わざと外して、弾丸を撃ち込ませましたね——私の能力の性質を見抜くために。外していることが事前にわかるタイプならば、わざわざ動いて弾丸を弾いたりはしないから——まんまとしてやられた、ということですか」

靖子はちら、とまだ席に着いたままの村松を見た。村松はそれまでの軽薄な様子がまったくなくなっていて、

「だから言ったでしょう——私は六嶺さんを怖がっていない。そのはずがない。私はこのお方の忠実な下僕なのですから」

と、静かな口調で言った。それからさっきまでとはまるで違う、凄みのある笑みを浮かべて、

「そしてあなたは、やはり統和機構が怖いのですかね？」

と付け足した。その言葉を聞いて、靖子の眉の端がきりきりと上がる。瞼がぴくぴくと痙攣した。

（こいつら——見抜いてやがる……！）

彼女が統和機構の中でも微妙な位置にいて、焦っているのを知っている。コードネームさえ知られているのだから、彼女のことは完全に筒抜けになっていたと考えるしかない。とんだ道化だったのだ。

クレイム・クラブのメンバーの大半は、何も知らない一般人に毛が生えたようなものだ。そ

れは確かである。だが彼等を統率している六嶺平蔵は、どうやら――普通ではないらしい。統和機構に比べてさえ普通でないものなどは、この世にごく限られた存在である。それのことをシステムはこう呼んでいる――

「六嶺さん――あなたはMPLSなんですか？」

統和機構は〝人類の未来に大きな影響力がある〟としてこれを排除しようとしている異能者を、便宜上その名称で一括して呼称しているのだ。

「私にはなんの能力もないことは、君もこれまでのつき合いからわかっているだろう」

六嶺は穏やかな表情を崩さない。靖子はそんな彼を睨みつけたまま、さらに訊いた。

「しかし、能力を持っている者は知っている、と……？」

この問いに、六嶺は即答しなかった。それがそのまま答えになっていた。しかし彼はそのことには応えずに、

「君も既に知っているだろう――この街に、人を燃やしてしまうMPLSが現れたのは」

と話を変えた。

「まだそうと決まった訳ではないでしょう」

靖子はとにかく相手のペースにしたくなくて、意味のない反論をした。六嶺はそれにはつきあわずに、

「どうかね、ティアジャーカー――君はこのMPLSの排除を、自分の手柄にはしたくないか

ね？」

と、ずばり訊いてきた。靖子の顔がさすがにひきつる。

「……どういう意味ですか？」

「君がＭＰＬＳに対抗するための力を、我々が貸そうと言っているのだ。我々にはその準備がある」

六嶺の態度には虚仮威《こけおど》しのような大袈裟なニュアンスがどこにもない。完全に本気なのだ。

「君は、統和機構のＭＰＬＳに対する姿勢がどういうものなのか、完全に把握しているかね？」

「……危険な存在は、即座に排除するわ」

「その通りだろうね。そしてそのことの真の意味を、君は理解しているか？　その使命に隠されたもうひとつの意味を？」

「…………」

「君だって、自分が普通でないことは知っているだろう。ＭＰＬＳがどういうものであれ、君たち合成人間だって充分に危険な存在じゃないかね？　だから君もいつ処分されるかも知れないと怯えている訳だ。だがそうはならない。君は統和機構の管理下にあるからだ。その条件下ならば危険な存在でも生存が許される。違うかね？」

六嶺は淡々と、まるで子供に〝お金というのは使えばなくなるものだから、無駄遣いはするな〟と教えているときのように落ち着いた調子で言葉を重ねる。しかしその内容は、相川靖子にとってかなり衝撃的な展開を予想させるものだった。

「ちょ、ちょっと——ちょっと待って。あんた、何言っているのよ?」

「統和機構は、それが充分に〝自分たちの味方である〟ということが保証されれば、それが合成人間であろうとMPLSであろうと構わないんじゃないのか? そうは思わないか」

六嶺平蔵はまっすぐに、相川靖子を見据えている。

「……そんなこと言われても、私には」

「君だって〝例外〟のひとりだ。合成人間なのに、改造前の記憶を持たされたままでいるのだから。その許容範囲の中には、MPLSも一部含まれるんじゃないのか」

「…………」

靖子は落ち着かない様子になってきた。動揺を隠せない。苛立たしげにまた煙草に手を伸ばして、焦って火をつけて深々と吸い込む。

ふうっ、と盛大に煙を吐きだして、何度かうなずく。

「……つまり、あんたが言いたいのは、あんたの手の内にあるMPLSの力で、今、世界で暴れているMPLSを倒すから、それで……そいつを統和機構に、味方として扱うように仲介しろ、ってこと? 私に?」

言いながら、自分でもなんのことやらさっぱり実感できない。それまで殺す相手としか思っていなかった奴らの中に、味方になろうってヤツがいるとは——。

六嶺はうなずいた。

「君としても、今の状況では無碍《むげ》に断れまい。私をこの場で殺しても、君に未来はないぞ」

「……まあ、それはそうだけど、さ」

煙草のフィルターを少し噛み潰す。悔しいというよりも、それは不安な赤ん坊がおしゃぶりを噛むのと似たような動作だった。

「しかし、そのMPLSって——もしかして」

靖子の問いかけに、六嶺はうなずく。

「そうだ——私の妻の美登里だ」

それは十年以上もずっと、病床にあって外には出てこないと言われていた女性の名前だった。

「……あんた、そのためにクレイム・クラブを創ったたって訳か」

その機会をずっと待っていたのだ——彼の妻よりも危険なMPLSが現れて、それを捕捉できるそのときまで。

「君たちが特殊能力に名前を付けているのにあやかって、私は妻のそれのことを〝フォーリン・グレイス〟と名付けている。その力があれば、この人間を燃やしてしまう危険な敵にも対抗できるだろう——」

妻のことを語るとき、六嶺の横顔には、何かに耐えているような苦しげな色が浮いて見えた。

2.

(……脳天気なものね)

須磨貞夫を求めて彼の高校にやってきた杉乃浦春海は、その無頓着なほど開放的な校内の様子に呆れた。深陽学園の方はゲートで関係者以外の入校を制限しているが、はるかに授業料が高いはずのこの私立高校には、そういったセキュリティらしきものがまったく見当たらなかった。

彼女のように他の学校の制服を着ている者が校内をうろついていても、誰も奇異の目を向けない。途中編入の生徒が多い学校のせいか、違う制服の生徒の姿も確かに珍しくないようだった。より高い偏差値や大学への推薦を得るために、他校から編入してくる成績優秀者が多いのがこの学校の特徴なのだったが、そんなことは春海にはどうでもいいことだった。目立つかと思ったらそうでもなかった、というだけで充分だ。

彼女はもちろん、貞夫のクラスを知っている。彼のクラスはそのとき、次の授業が別の場所でやる教科のようで、教室は空っぽだった。

(…………)

大して探す必要もなかった。席のひとつに貞夫のカバンを見つけて、それを調べる。

（——あれ？ 筆箱も入ってる……）

壁の掲示板に貼られている時間割を見る。次の時間は体育ではない。それなら次の授業で筆記用具を使わないはずがない。

それなのに——ということは彼は、このカバンを置いたまま、どこかに行ってしまったと考えるのが自然だ。

（どういうことかしら——）

彼女は訝しみながら、さらにカバンを調べた。そしてその中に、六嶺平蔵から送られてきた、あの手紙を発見した。

（これ——あの変なクラブの話よね……？）

彼女は以前から、クレイム・クラブのことが気に入らなかった。それがどうやら裏付けされた形になったようだった。手紙には大したことは書かれていないが、そこに何か脅迫とか、糾弾するといったニュアンスがあるのを春海は読み取った。

（この男——貞夫に何をしようっていうの？）

六嶺平蔵、という名前を心に刻み込んで、彼女はその場から離れた。貞夫にあれこれ変なことを吹き込んでいるらしい田代清美という女も見つけ出して処分したかったが、今は六嶺の方が優先だと思った。

彼女はすっかり自分の中から湧き上がり続けている歪んだ衝動の虜《とりこ》になっていた。それに逆らう者は誰であろうと容赦しない、という気分に支配されていた。それはいつものぼんやりした少女というイメージの杉乃浦春海とはもはや別人で、この分裂した精神の中で共通するものはただひとつ、須磨貞夫に対する感情だけだった。彼のためならなんでもできる、という決意だけ――。

「――――」

冷たい目つきの春海が学校から外に出ると、その周囲にふらふらと数人の女子高生たちが集まってくる。それは先刻、春海によって精神の深奥部を焼かれて木偶《でく》人形にさせられてしまった少女たちだった。

彼女たちは連れ立って、半端な時間帯のせいで人があまりいない通りに出て、バス停に行き、そこで街の中心に向かう路線に乗った。

車内には彼女たち以外の客の姿はない。

（さて――）

春海は六嶺平蔵にどう接近するか、と思案を始めた。手紙の住所は会社名になっていたから、まずはその会社に出向くか、と考える。

その彼女の席の周囲に、少女たちがぼんやりとした顔のまま突っ立っていて、バスがごとごと揺れる度に身体が左右に動く。バランスを取っているのだが、それはまるで天秤《てんびん》のように機械的な動きだった。

バスは街と街の間の、隙間のような地域に入った。特に周囲には何もないが、それでもバス停だけはあるらしく、車内アナウンスで次は市民センター入り口、とか言っている。その市民センターなる建物はまだ建っていないか、ずっと遠くにあるらしく、道路の側には建物はひとつもない。

当然、誰も降りないので〝次、停まります〟の表示灯はつかない。しかしそれでも、バスは徐行して、そしてバス停の前で停まった。

ぷしゅー、と音を立てて自動扉が開く。こんなところから誰が乗ってくるのか、と春海はちら、と何気なく前を見て、その人影を観察しようとした。

だが、誰も乗ってこない。

なんだ、間違えたのか——と彼女は運転手の方に眼を移して、そこで表情が険しくなる。

運転手がいない。

そして、運転席の横の窓が開いている。とっくに逃げていた。

「…………」

一瞬だけ、春海は顔を強張らせたが、しかしすぐに——その口元がきゅーっ、と吊り上がった。笑った。

(ずいぶんと速く、手を打ってくるものね……！)

彼女がそれを明確に認識したとき——自分が敵によって罠《わな》にはめられていたことを悟った直

後に、このバスは仕掛けられていた爆弾によって木っ端微塵《こっぱみじん》に吹っ飛ばされていた。

これが、異端にして超常の能力を持つ者同士の戦い〝ワン・ホット・ミニット〟対〝トリーズン・リーズン&フォーリン・グレイス〟の始まりであった。

3.

「——やりました！」

バスの運転手に偽装していた男は、興奮した口調で手にしている通信機に向かって声を上げた。男は統和機構の構成員で、相川靖子の部下のひとりである。

彼は賞賛を期待したのだが、しかし通信機から返ってきた靖子の声は焦ったように、

〝——馬鹿！　確認なんかせずに、すぐにその場から逃げろ！〟

と怒鳴りつける調子のものだった。だが男はそのことに不満を感じることはなかった。

バスが吹っ飛んだ、その爆炎が晴れるか晴れないかの内に——彼がいるところに何かが飛んできたからだった。

それを見た彼の脳裡からは、他のすべてのことが消し飛んでいた。その印象があまりにも強すぎて、通信機の声さえも耳には入らなかった。

それは、春海と一緒にいた女子高生のひとりの、その生首だったのだ。だがそれが炎の中か

ら飛び出してきたのに、まったく焼け焦げた様子がないことの不思議さには、男は思い至ることができなかった——その前に、そのサッカーボール大の塊は、それ自体が火を噴き出し、そして次の瞬間には爆発していたからだ。

男はその爆炎をもろに喰らって、即死した。

そして、その向こうで炎上していたバスは、その炎の中からさらに、どん、という爆発が内部から生じて、炎のすべてを吹き飛ばしていた。

その後から現れたのは、杉乃浦春海と、そして彼女の道具と化した少女たちである。一人だけいなくなっていた。頭を砲弾に、胴体を消火用の火薬に使われた、その分だけ減っていた。

しかしそれ以外は、何も変わらない。春海の身体はおろか、着ている服にさえ焦げ痕ひとつない。どうやら微細な爆発を一瞬先に周囲に放って、バスからの延焼をシャットアウトしたらしい。

「——炎は私の武器よ。それで殺せると思う？」

彼女は吹っ飛ばしてやった男の、ぶすぶすと焦げる死体に向かってせせら笑ってやった。悪意が剝き出しである。

しかし——と彼女は思う。この男は前から彼女を見張っていて、それでバスの運転手に成り代わっていたのか？

（いや、違うな——こいつは以前から大勢ばらまかれていた〝引っかかったらラッキー〟という程度のトラップのひとつだろう。バスとかタクシーとか、大勢の人間と接する機会のあるものに無数に紛れ込ませてあっただけだ。ということは――）

これから来る奴こそ〝主役〟という訳だ。彼女が薄々勘づいていた、異能者と敵対する者たちの尖兵《せんぺい》だ。

（来るなら来い――私には何も恐れるものはない！）

春海の心には冷え冷えとした、しかし研ぎ澄まされた充実があった。本当にこれが、ついこの前まではとろくさいと皆に言われていて、クラスでも引っ込み思案すぎておどおどしていた少女と同一人物だとは、とても思えなかった。彼女の中に眠っていたものが目覚めたためなのか、それとも明確な標的ができたときには、人間は皆このような変化を見せるものなのだろうか。環境が人を変えるというならば、その変わってしまう〝人〟とはどこまで変容するものなのか――そして人にそのような変化を強制する〝環境〟――〝世界〟は人に何を求めているのか――少なくとも、このときの春海の脳裡にはそのような疑問はなかった。彼女にあるのは、ただ冷徹な、狩猟本能にも似た闘争心だけだった。

春海が道を歩き出すと、周囲の少女たちも一緒に進んでいく。

しばらくそうやって、真っ昼間の車道をそのまま歩いているのが逆に異様だった。バスの爆発はどこかに通報されたのか、されなかったのか――それさえも定かでないままに、ただがらんとした道を制服姿の少女たちが歩いていく。

一歩、また一歩と街の方に向かっていく。

奇妙な静寂が周囲を包んでいたが、その静けさを遠くから響いてきた騒音が破った。

車のエンジン音だった。こっちに向かって走ってくる。

「…………」

春海は車道に立ったまま、その音の接近を待ち受ける。少し離れたところのカーブを曲がって、その車が姿を見せても、特に反応はしない。車は全速力で、彼女たちの方へ突進してくる。

「――行け」

春海が囁《ささや》くと、彼女を取り巻いていた少女がひとり、ふら、と一人だけ前に出た。

そして、いきなり全力で駆け出した。

こっちへ走ってくる車へ向かって、真っ正面から走り込んでいく。

どちらも避けなかった。

まったくスピードを落とさず、両者は一瞬で静止可能な最後の境界を易々《やすやす》と越えて、接触した。

少女の身体が車の巨大な質量と勢いによって吹っ飛ばされる寸前、彼女の身体が膨れ上がる火球に変わって、その小さな太陽のような閃光と白熱が車をたちまち呑み込んでしまった。

燃料に引火し、車は爆発した。走っていたパワーも関係なかった。爆発の瞬発的な圧力の前に車は燃え上がりながら上空へ舞い上げられていた。

だが、その車の中から、フロントガラスを突き破って飛び出してきた人影があった。

相川靖子——合成人間ティアジャーカーだった。

む、とその姿を見た春海の表情に険しいものが浮かんだ。

（あの女——この前、貞夫と街で会っていた、クレイム・クラブの——）

瞬時に思い出していた。だから攻撃にもためらいがなかった。

ティアジャーカーは飛び出してきた勢いのままに春海に向かって突撃してきた。両手には二丁の拳銃を持っていて、それを連続して撃ちまくってきた。

その弾丸はすべて、春海の周囲に立ちはだかった少女たちの身体が受けとめた。彼女たちは銃弾を撃ち込まれながらも、逆にティアジャーカーめがけて突っ込んでいく。

数が多く、しかも怖れのまるでない彼女たちは、銃で撃ち抜かれて全身穴だらけになりながらも、たちまちティアジャーカーに抱きつくようにして、これを捕らえることに成功した。

春海は、かすかに口元に笑みを浮かべて、くいっ、と親指を下に向けるジェスチャーをしてみせる。

直後、少女たちの身体は爆発炎上して、大きな火柱が噴き上がった。

春海の顔が、炎の照り返しで赤く染まった。その勝ち誇った表情には余裕さえある。

しかし彼女のその表情が消えない内に、その火柱からまたしても飛び出してくる者があった。

確かに全身を炎に包まれたにも関わらず、ティアジャーカーが五体満足のまま、さらに突撃

してきたのだった。

彼女の身体は、その皮膚には火傷ひとつなかった。燃えていた服の火も、飛び出した勢いの風圧でたちまち消える。彼女の能力、全身の細胞と骨格を瞬間的に強化できる〝トリーズン・リーズン〟は、数秒の間ならばたとえ火の中に放り込まれても、それに耐えることが可能なのだった。

単純に、肉体反応の速度ならばティアジャーカーは春海を圧倒している。相手が対応する前に、合成人間は少女の懐に飛び込んでいた。

だが――眼前に迫られても、春海の顔には相変わらず、余裕がみなぎっていた。

（ふふん――周囲を囲む木偶人形がなくなれば、私を直接攻撃できると思っているんでしょうけど――）

ティアジャーカーが脇の下に隠して、炎で誘爆しないようにしていた両手の拳銃を春海に向ける――狙いを精密につける必要はない。そんなことをしなくても、適当に撃ってさえ命中する、そういう距離で引き金が絞られる。

ぱんぱんぱん、と弾丸の発射音が響いた。

響いたときには――もう終わっていた。

音響が周囲に伝わる、その音速よりも先にティアジャーカーの撃った弾丸はすべて、どろっと形を崩して、弾けて、そして――燃え尽きた。

合成人間には、その様子を観察することさえできなかった。

引き金を引いた瞬間、彼女の足元がいきなりなくなっていた。アスファルトの路面が赤く変色して泥のように柔らかくなって、その泥濘《ぬかるみ》に足が、ずぶぶぶっ、と呑み込まれていた。

「――な……！」

ティアジャーカーが藻掻《もが》こうとしたときには、もうアスファルトは固まっていて、彼女の足をがっしりと固定している。

その目の前に、むしろゆっくりとした足取りで春海がやってくる。

「……燃えるものを裡《うち》に秘めているのは、なにも人間だけじゃないのよ――この世に存在するありとあらゆるものから、私は炎を引き出すことができる。燃やせないものなど何もない――それが〝ワン・ホット・ミニット〟よ」

彼女は、それを本格的に使い始めてからまだほんの数時間しか経っていないにも関わらず、完全にそのコツを我が物にしてしまっているようだった。

「…………！」

合成人間の顔が戦慄《せんりつ》にひきつった。そこに春海の手が伸びてきて、指先が頬に、がしっと喰い込む。

「外からの高熱には耐えられても、体内から、自らの肉体そのものが燃えだしてしまったら、それでも耐えられるかしら……？」

せせら笑う声が合成人間の耳朶《じだ》を打つ。それと同時に、春海が触れている部分から、ざわわっ、と皮の下に虫の群れが潜り込んでくるようなおぞましい感触に襲われる。

そしてその虫たちが、一斉に暴れ出して――。

がくがくがく、と合成人間の身体が激しく痙攣を始めて、春海の笑いがさらに凄絶さを増していき、そしていよいよ決定的な発火点を越えようとした――そのとき。

――びくっ、

と春海の顔にはっきりとした動揺が浮かんだ。それまでの余裕が消し飛んでいて、無防備な驚きがそのまま表に出ていた。

せっかく捉えていた敵の顔から、ぱっ、とその手を離してしまう。

この千載一遇のチャンスを逃すティアジャーカーではなく、足元のアスファルトの固定を、強引に力で破壊して逃れ、そして一気に逃走に入った。一時撤退した。

「――――」

しかし、春海はそれをすぐには追わない。彼女はぼんやりと立ちすくみ、そして今、自ら相手から離してしまった手を眺める。

そこにはきらきらと光る粉のような物が付いていていた。

それは霜《しも》だった。

粉末状の氷の結晶が、彼女の手のひら一面に、びっしりと付いていたのだった。

「……なに、これ？」

彼女は茫然とした様子で呟く。彼女は自分の炎が、その氷によって阻止されたのだということはわかった。自分のそれに対抗できるパワーが相手に取り憑《つ》いていたらしいことは、すぐに理解していた。攻撃を受けとめられた、そのこと自体はどうということはなかった。彼女が受けている衝撃はそんなことではなかった。

（こ、これ——この感覚——私が燃やそうとしたのに、燃えるはずなのに、燃えなかったこの手応え——私は、これを——）

知っている。

この肌触り、身に覚えがある。

忘れるはずがない。それは彼女にとってかけがえのない、とてもとても大切な想い出の根幹にあるものなのだから。

そう、それはあの子供の日に、彼女に須磨貞夫が触れたにも関わらず、彼はけろりとして平気だった——あの感覚にそっくりだったからである。

（ど、どうして——どういうことなの？ どうしてあの女に、貞夫のと同じ感触が混じっているの……？）

4.

「……くそっ、畜生っ——！」

そしてティアジャーカーこと相川靖子の方も、彼女もまた激しい動揺と焦燥、そして恐怖に襲われていた。

（なんだ、なんなんだあれは——あれがMPLSなのか？）

何をされたのか、まったくわからなかった。彼女とて合成人間同士の戦闘訓練で、何度も生死を掛けた特殊能力同士の対決は経験している。だが今のは、そんな修練などまったく役に立たず、あらゆる技量も作戦も意味を成さない異次元の敵だった。

統和機構が、これほどまでに慎重に、かつ大掛かりに対応している理由を、靖子は身を以て実感していた。まともにやったら、絶対にかなわない——それを痛感した。

だいたい、今のは何をされたのかもわからなかったが、どうやってそれを防いだのかさえ、彼女にはまったくわからなかったのだから。

「くそっ……！」

彼女は全速力で逃げて、そして後方に待機していた一台のバントラックのところにまで戻ってきた。

そこには六嶺平蔵が待っていた。

「なんとか生きているな。やはり効果があったろう」

六嶺は静かに言った。

「……忌々しいけどね。あんたの言った通りだったわ」

靖子はまだびくびくと痙攣している頬に手を伸ばして、そこを揉みほぐした。煙草が吸いたくて吸いたくてたまらない。その誘惑を振り払いつつ、

「しかし一回しか防げないみたい。パワーを使い切ったわ。再チャージしなきゃ――」

と言って彼女はバントラックの方に顔を向けた。六嶺はうなずいて、その後方ハッチを開放する。

そこにいるのは、やはり異様なものであった。

まずこぼれだしたのは、白く凍りついた冷気であった。空気中の水分という水分が、それに触れた途端に結晶化してしまうからであった。

バンの荷台は厳重に密閉されていて、外気との接触は一切なかったが、それでもその壁や床面を問わず、すべてがびっしりと霜で覆われていた。

しかし、その中心にいるひとつの影は、そこにだけは一切の氷結が生じていなかった。

「…………」

さっきも見たばかりなのに、それでも靖子はやや気圧されるものを感じざるを得ない。

そこに座っているのは、一人の女性だった。若い。靖子よりも見た目は年齢を重ねていないように見える。まだ二十歳前といってもおかしくない外見をしている。そして異様なのは、その頭から伸びに伸びた艶やかな黒髪だった。三十年間、一度も切ったことのない髪であった。だがその彼女——平蔵の妻、六嶺美登里の表情には一切の生気がなく、そして何を話しかけても反応しない。自分からはまったく動かない。

ぼんやりと開かれた眼は、十数年の間一度ととして、何かに興味を示したり、どこかに視線を向けたりしたこともないし、瞬《まばた》きさえしていないのだった。

しかし、死んではいない。眼球も、瞼が開けっ放しなのに全然乾いていないで、潤《うる》んで濡れている。

意識があるのか、ないのか——それを確認することもできない。何も食べず、何も飲まず、歳も取らずにこのままじっと、生きている。そして髪だけが、通常よりもはるかに遅いペースではあっても、ずっと伸び続けていて、それだけが彼女の生命が終わっていないことを語り続けているのだった。

……六嶺が一回り年下だったこの美登里と結婚した直後に、彼女はこういう状態に陥ったという。病気ならば治さなくてはならないが、しかし六嶺がこの異様な妻を前にしてまず思ったのは、このままだと妻は世にも珍しい症例の観察と実験の対象にしかならないのではないか、という危惧だった。その時点でも既に優秀な実業家であった彼は、世の中の裏側にいる統和機構の存在を薄々察していて、妻がその〝標的〟になるのではという不安があったのだ。

だから彼は、彼女を隠した。しかし彼なりに彼女のことを色々と調べもした。その結果、彼女の髪の毛に触れた者には、身体にある種の変化が生じることがわかった。

最初は、平蔵自身にその効果が現れた。彼は妻の変化から心労のために胃を悪くしていたのだが、ある日突然に、その痛みがまるっきりなくなってしまったのだ。医者に罹《かか》ってみると、潰瘍《かいよう》があった部分がいつのまにかなくなっていたのがわかった。自然治癒《ちゆ》するには、その潰瘍は深刻すぎる度合いであったはずなのだ。そして彼なりに調べていくと、どうも病巣の部位が、それが剝落《はくらく》するまでの間白く凍りついて、炎症を抑えていたらしいことがわかった。凍ると言っても、冷たさを本人はまったく感じていなかった。

（おそらく、肉体の弱ったところを凍結させてしまうのだ——美登里の能力はそういう効果を他人に与えている）

それを発見して以来、六嶺は自分のために働く者をこの能力を使って増やしていった。もはや治る見込みのない癌《がん》の患者などに美登里の髪を触れさせると、癌細胞の増殖を止めることができたからだ。生命を救った者たちは、六嶺の忠実な部下になった。

そしてその者たちを中心メンバーに据えて、クレイム・クラブを創ったりもしたが、それらの表向きの目的はすべて偽装であり、すべては美登里を救うための長い長い準備作業なのだった。

——しかし、と相川靖子は改めてこの、自分はまったく冷たくないのに周囲ばかりを冷やし続けている雪女のような、ぴくりとも動かない六嶺美登里を眺めて、考える。

「あのさ——」

靖子は後ろに立っている六嶺に問いかけた。

「あんた、この奥さんが治ると思う？　これもまたＭＰＬＳの、その秘められた能力の顕《あらわ》れ方のひとつなんでしょうけど——失われた意識はいつか回復すると思う？」

この決定的な質問に、しかし六嶺はまるで動じる様子も見せずに、

「さあな」

と簡単に答えた。

「ずいぶんと投げやりね？」

「私は普通の人間だし、君だって多少戦闘力に秀でているだけだ。そんなつまらない我々をはるかに超越している美登里のことを完全に理解するなど、永遠にできないだろう」

その口調は冷静であり、捨て鉢になっているような響きはない。

「——我々、ね」

靖子は苦笑した。彼女だって合成人間になってしまったときは、自分は普通の社会にはもう

二度と調和できない怪物になってしまったと嘆いたものだったが、しかしそんな彼女の苦悩など、六嶺からすれば大したものではないのだろう。それには確かに反論する気は起きなかった。

（自分が生きている間は、彼女はもう目覚めないかも、と思っているみたいね、この男は——）

それでも彼女が少しでも無事に〝このままでいる〟ことだけを優先して何十年も辛抱していたかと思うと、機会が訪れた途端にこうして統和機構にも渡りをつけてきたりと、努力を惜しまず、決断にもためらいがないのはどういう精神力によるものなのか、それを支える心情というのはどういうものなのか——靖子は以前からこの六嶺平蔵という男に得体の知れないものを感じていたが、その秘密を知った今となっては——

（……ますます、わからなくなったわ）

しかし今はそんなことに気を取られている場合ではない。彼女はバンの荷台でぼんやりと座っている六嶺美登里に近づいて、その床一杯に広がっている黒髪の一房に手を伸ばし、そして軽く握った。

ざわわっ、と背筋に何かが走る感触がある。それは寒気でも痺れでもなく、実際に注射などで液体を身体に注入されるときのような、具体的で物質的な感触であった。痛みに近いが、しかし苦痛というほどでもなく、変な喩えではあるが、彼女はそれを、

（なんだか暗闇で急に、誰かに手を握られたみたいな——）

そういう感じだと思っていた。

それが〝フォーリン・グレイス〟のパワーが他人に充塡《じゅうてん》されるときの感触なのだ。肉体の悪い箇所の活動を抑え、そして——他人を燃やしてしまおうとする波動を打ち消す効果があるエネルギーが、相川靖子の身体に充塡されたのである。

ぶるるっ、と身震いが出た。彼女は美登里の髪から手を離して、振り返る。

六嶺に向かってうなずきかけて、言う。

「じゃあ、もう一回行ってくるわ」

そして彼女は、さっきはまったく銃器類が通用しなかったので、今度はナイフを何本かと、そして我ながら冗談みたいだと思いつつ、日本刀を手にした。自分の手が握っている物ならば、体内のエネルギーが伝達して炎の攻撃をある程度なら遮断できるかも知れないと考えたのだ。現に自分の身体に触れられたのに、数秒は燃やされずにすんだのだから。

（そして刀で相手をブッた斬るのには、コンマ一秒も要らない——当たれば、そのまま殺せる）

もっとも原始的な殺傷方法こそが、この場合は唯一の方策のようだった。

「健闘を祈る」

六嶺の言葉を背にして、靖子は再びあの恐るべきＭＰＬＳと対決するために出撃した。

5.

「…………」

杉乃浦春海は、さっきからずっと同じ場所にいた。

さっきのバスと車の残骸がまだくすぶっているその近くに、この事態には不釣り合いなまでに、普通に残っているバス停の、そのベンチに腰掛けている。

その手元には、携帯電話がある。それを開いて、着信表示を眺めている。

さっきから何度も、須磨貞夫から着信があり、そして連絡してくれというメールも届いている。電源をこれまで切っていた彼女だったが、ここに来てそれに応じるべきなのかどうかで、くよくよと悩んでいた。

「どうしよう……」

彼女の表情には、ついさっきまでの鬼のような迫力など欠片もなくなっていた。弱々しく、内気でおどおどしている女子高生のそれに戻ってしまったかのようだった。

「……どうすればいいの」

彼女は携帯電話の情報画面を見ながら、ずっとため息ばかりついていた。気になって気になってしょうがないことがあるのに、それに近づくことがどうしてもできないのだった。

不安でたまらない。

でも勇気がどうしても出ない。

確かめなければならないことがあるのに、それを確かめて何もかもを失ってしまうのが恐ろしい。それは死ぬことよりもずっと怖いことのような気がした。携帯電話を握りしめて、震えていることしかできない。

「……私、どうしたらいいんだろう……」

春海のがっくりとうなだれた首が、左右に頼りなく揺れていた。

彼女がそうやって無力感に苛《さいな》まれていると、その場に足音が近づいてきた。

ぼんやりと顔を上げると、相川靖子がこっちに向かって、今度は自分の足で歩いて接近して来ようとしていた。

「…………」

相手が刀を持っているのが見えたが、別に春海の表情には変化はない。暗く澱《よど》んだような目つきで、自分を殺そうとしている者を見つめている。

靖子は刀を引き抜いて、鞘《さや》を投げ捨てた。それを右手で構えて、左手の方は何にでも対応できるような姿勢を取る。

「――――」

靖子の方も、春海のその虚脱ぶりには少なからず意外さを感じていた。

(なんだ、こいつ――私を待ち受けていたわけでもなさそうね)といって油断もできない。相手の恐ろしさは充分に思い知っている。さっきの戦闘で、相手の能力の有効範囲のようなものはそれなりに摑めたと思う。あくまでも彼女からごく近いところまでしか能力は届かないのだ。

ぎりぎりの間合いまで接近して、そこで停止する。正面から向かい合うような形になってい
た。

彼女の方は何も話す気はなかったが、春海の方が口を開いた。

「——先に、おまえの方から訊いておくことにするか」

それはやはり暗い声である。

「おまえには、どうしても喋ってもらわなくてはならないことがある……」

「さあ、それはどうかしら——」

靖子は、相手が自分を侮っている空気を感じ、怒るよりもむしろ、もっとどんどん馬鹿にして、ナメて、油断しろと思った。情報を得るために即死させないように手加減でもしてくれるならば、ますますありがたい。付け入る隙ができる可能性が増すからだ。

春海は、靖子が身構えているのにもかまわず、ベンチから無造作に腰を上げた。

そしてそのまま、重い足取りで靖子の方に向かっていく。その様子にはおよそ迫力がない。うっかりすると、靖子の方が油断しそうになるくらいに弱々しい雰囲気が漂っていた。しか

しもちろん、靖子は合成人間ティアジャーカーとしての能力を全開にして迎え撃つのみである。

危険な間合いに相手が入ってきた、と感じた瞬間、ティアジャーカーは後方に跳んでいた。

だが足が逃げた先の路面に触れると同時に、今度は前方に――相手に向かって突撃していった。退《さ》がると見せて、逆を衝いて真っ向から攻撃に移った。

春海の表情に、おや、というようなかすかな驚きが浮かんだ。それと同時にティアジャーカーは刀を持っていない左手でナイフを引き抜いて、投げつけた。狙いは相手の眉間だった。

だがナイフは春海に近づいていくに連れてどんどん赤くなっていき、すぐに燃えだした。空中で融けてなくなる――その炎の残滓《ざんし》を切り裂くようにして、突っ込んできたティアジャーカーの刀が同じ軌道で飛び込んできた。燃やしたナイフがそのまま隠れ蓑《みの》になっていた。

そして身体そのものの反応速度では、春海は合成人間に遠く及ばない。逃げても、刀の有効範囲外に出られない。間に合わない。

必殺のタイミングに、ティアジャーカーは刀を掴む手に力を込めながら、

(――もらった!)

と渾身《こんしん》の一撃を春海に突き立てた。

刀は融けなかった。たとえ身が焼けるような熱を喰らったとしても、このスピードならその勢いだけで――と確信しかけた、しかし――その直後に刀が、がきん、とはっきりとした感触とともに弾き返された。

（な……！）

見えない壁が、春海と刀の間に突然現れていた。

ティアジャーカーはさらに刀を何度も何度も、別の角度、方向から突き立て、打ち込み、斬り上げたが、それのどれもがことごとく弾かれる。

（なんだ――この壁は……?!）

鉄板のように、明確に硬い。

その向こう側で、春海の表情は変わらずに暗い。その口がもごもごと動く。言葉を探しながら、彼女は言った。

「おまえ……おまえに力を貸しているのは、六嶺って男なの？」

突然に核心を突かれて、びくっ、とティアジャーカーは慌てて身を離し、再び距離を取った。

春海はそれを追わず、その場に立ったままだ。

彼女は非常に辛そうな顔になっていた。

「……そうなのね、やっぱり……」

その沈みきった声が、ティアジャーカーにはまるであの世から聞こえてくる声のように思えた。生気というものがまったく感じられない、何かが息絶えてしまった後の響きがあった。

「…………！」

ティアジャーカーは、自分の手元の刀を見て、絶句した。

刃先の至るところがへこんでいて、ガタガタになっていた。刃こぼれしているだけでなく、その痕が微妙に溶けているのだった。

ここでやっと、ティアジャーカーはあの〝壁〟がなんなのかということを理解していた。熱というのは、分子の急激な運動である。炎というのはあまりの高速運動の結果、分子構造が崩壊して飛び散る際の現象である。

その分子運動そのものが、全部同じ方向を向いていて、それが振り下ろされる刀とまったく同じ速度であったとしたら——それはさながら自らの勢いで跳ね返されるような感触で弾かれるだろう。

壁が彼女を取り囲んでいたのではない。

刀が振り下ろされるのに合わせて、その一瞬一瞬で能力が恐るべき精度と集中のもと発動されていたのである。

しかも——手加減しながら……。

「ぐっ——」

ティアジャーカーは思わず呻《うめ》いた。自分の考えが甘かったことを悟った。自分が燃やされないだけでは、まだこの敵には対抗できないのだ。

そして春海は戦慄している敵に、ひどく力のない調子でさらに質問する。

「——六嶺平蔵っていう男は、その……どのくらいの人間に、特殊なものを染み込ませてきたの？」

なんだか漠然としていて、要領の得ない問いだった。

「え？」

ティアジャーカーは何を訊かれているのか、一瞬わからなかった。眉をひそめた。

春海は苛立たしそうに首を振って、

「いや、だから――なんかあの、変なクラブの人間たちって、全員その、昔に六嶺に何かされた人たちばかりを集めて、その――そういうことなの？」

と切羽詰まった様子で、やっぱり不明瞭な質問しかできない。

「……何言ってるの？」

思わずティアジャーカーはそう訊き返してしまった。

すると春海の表情が一変した。突然に怒りを露にして、

「いいから答えろ！」

と怒鳴った。それと同時にティアジャーカーの身体は激しい熱風にあおられて、後方に吹っ飛ばされていた。ほとんど目の前が爆発したような衝撃だった。

「――うわっ！」

地面に叩きつけられて、ごろごろと転がった。

しかし〝トリーズン・リーズン〟は身体の頑丈《がんじょう》さだけが取り柄の能力である。ティアジャー

カーは素早く身を起こして、体勢を立て直そうとした。

刀を再び構えて、相手に向けようとする——だがその刀が、急にすごく重く感じられた。

（……え？）

その武器を見る。するとその切っ先に何かがちろちろと蠢《うごめ》いていた。

小さな、蠟燭《ろうそく》のそれのような火が刀の先端に灯っていた。

そしてその部分が、異様に重たくなっている中心だった。

……いや、もう重いという次元ではない。まるでその箇所をがっしりと万力《まんりき》で締められたように、びくともしなくなっていた。空中で見えない壁にそこだけ突き刺して抜けなくなったのと同じ感触があった。

いかん、と悟った。

時間切れだ。

彼女の身体に充填されていて、刀にも伝わっていた〝フォーリン・グレイス〟のパワーが切れかけていて、先端まで伝達されなくなっているのだった。その辺はもう〝いつでも燃やされる〟対象に入ってしまったのである。

「——くそっ！」

ティアジャーカーは懐《ふところ》に入れていたナイフを全部投げつけながら、刀から手を離していた。

そのまま、後も見ずに逃走に移っていく。見ても仕方がなかっただろう。投げたナイフは全部空中で融かされ、刀はその場で、ばっ、と大きく燃え上がって、白い灰になって飛び散ったからである。

「…………」

そして春海は——今度はその場には留まっていなかった。

彼女は、別に走り出しはしなかったが、それでもしっかりとティアジャーカーが逃げていった方角に向けて、その足を踏み出していく。

その速度はまったく普通であり、高速で逃亡した敵には全然追いつけそうにない呑気《のんき》さであったが、しかしそのことで春海に危惧する様子は皆無だった。

そんな必要などないのだった。急いで追いかけなければならない理由など彼女には一切、ない。

何故ならば、そう——既に、この戦いの決着はついてしまっているのだから。

やがて、彼女が歩いていく方角の向こうから、どどん、という爆音が轟いてきて、そして立ち昇った火柱がはっきりと視認できた。

「…………」

それを確認しても、彼女の足取りはなおも重かった。

6.

（しかし——どうする？）

必死で逃げながら、相川靖子は焦っていた。次に打つ手がまったく見えない。あるいはここはいったん、大きく後退すべき時なのかも知れなかった。既に統和機構には連絡済みであり、手柄を立てたくて自ら単独での攻撃を志願したものの、ここはあきらめて他の者と合流すべきであろう——そういう判断はできている。できているのだが、しかしそれでも……

（……そのことに、果たして意味はあるのか……？）

という疑念がどうしても消えない。

あれに勝てる合成人間など、この世に存在するのだろうか？

いくら戦力を投入しても、通用しないのではないのかという不安が拭い難くある。単なる強さでは、より強い者には決して勝てないし、そしてあの敵の強さは圧倒的だった。何よりもその態度が——

（——世界すべてを相手にしても、決して負けてやらないと言わんばかりの、あの——どこにも退く気がない意志が——）

——統和機構などという巨大システムに属して、頼りきっている自分たちなどでは、その力強さにおいて遠く及ばないのではないだろうか。

ＭＰＬＳと呼ばれている者たちは、なるほど害悪である世界の敵なのかも知れない。それは同時に、世界の方も彼等が倒すべき理由のある敵だということなのだ。この両者はこと対立構造に於いて、対等であるとも言えるのではないか——それがやっと、靖子にも理解でき始めていたのだった。

（かなわない——）

単なる戦闘力の差とか、そういうレベルではなかった。靖子は気持ちの上で完敗していた。

彼女はよれよれになりながら、六嶺平蔵たちの待機場所まで逃げ帰ってきて、

「すぐにこの場から離れよう。一時撤退して——」

と早口で言おうとしたら、険しい表情の六嶺が、

「おい——なんだそれは！」

と大声を上げて彼女を指差した。その腰の辺りを。

え、と靖子も眼を落とした。そこで表情がぎしっ、と強張る。

ちろちろ——と服の裾に小さな火が燃えていた。いつのまにつけられていたのか、まったく気がつかなかった。

だが、そのことの意味は、すぐに——恐怖と共に悟っていた。

発火点——それを起点として、あっという間に四方八方に広がるのは無論、あらゆるものに

襲いかかる衝撃と轟音と灼熱《しやくねつ》――爆発だった。

膨れ上がる火の玉はたちまちの内に靖子を、六嶺を、そして彼の妻である動かない美登里を乗せたバントラックを呑み込んで、そして吹っ飛ばした。

＊

その光景は、まだその場には到着していない杉乃浦春海の眼にもはっきりと見えた。彼女からしたら、この一連の流れは赤子の手をひねるようなものだった。実際、彼女の身体にはかすり傷ひとつついていなかった。

「…………」

しかし、彼女の顔には勝利感などは全然ない。

爆発が起きたのは、やや道から外れて、段差の下の物陰からだった。春海はその近くまで来て、上から見おろすようにして爆発痕に眼をやる。

瓦礫《がれき》が飛び散っている中に、バントラックが向こうの方に飛ばされて、横転していた。車体は大きくひしゃげていて、中に乗っていた者がいたとしても、即死だったろうと思われた。

そして眼を別の方向に移すと、そこにはひとつの人影が倒れていた。

それは驚くべきことに、ティアジャーカー――相川靖子だった。

全身の服は焼けて引き剝がされて、ひどい有様だったが、身体はどうやら五体満足らしい。びく、びくっと手足が痙攣しているから、生きているようだった。

「ずいぶんと頑丈なのね、ほんとに」

春海は呆れるように言って、ため息をついた。

そしてとどめを刺すために、そっちに下りていこうとする。いくら頑丈でも、彼女に直接触れられたら、なんの役にも立たないのだ。

そう、もうこいつから聞き出したいことはない。これ以上細かいことを確認しても、大して意味はない。殺しても差し障《さわ》りはない。

(でも、私は——)

肝心のことは、まだわからないままで——それを知りたいのか、知りたくないのか、彼女は自分でもよくわからなかった。

相川靖子の前に立ち、その顔を覗き込む。

彼女は、どうやら意識はあるらしい。かすかに呻きながら、春海の方を見ようとするが、しかし衝撃で全身の神経が痺れていて、それは視神経や眼球の筋肉も同様なので、うまくいかないようだった。

だが、それでも春海は彼女の眼に〝絶望〟が浮かんでいるのをはっきりと見た。

「哀れなものね。きっと自分では何も考えてなかったんでしょう？　ただの道具だわ。虚しい人生だったわね。でもね――わからないと思うけど、私の方がきっと、もっと……」

彼女は何かを言いかけたが、すぐに顔をしかめて、その先を言うのをやめた。その代わりに腰を屈《かが》めて、手を伸ばして、靖子の身体に触れて、直《じか》にそれを燃やしてしまおうとして――そこで、遠くの方から何かが聞こえてきた。

びくっ、と春海は顔を上げた。その音に彼女は聞き覚えがあったのだ。

それはスクーターのエンジン音だった。

「ま、まさか――」

狼狽《ろうばい》した彼女は身を起こして、周囲を見回した。

大して探す必要もなかった。

彼女がさっき、この場所を見おろしていた道路に、それはすぐに到着して、そして降りてきた者は、すぐに眼下で倒れている靖子と、そして――彼女に気がついた。

「………」

彼女は茫然として、そのやってきた者を見つめる。眼が合う。その人は必死な声で、

「――春海！」

と大声で彼女に呼びかけてきた。その人はついさっきまで、春海が電源を入れていた携帯電話の位置をＧＰＳの逆探知で摑んで、そして追ってきたのだった。

須磨貞夫だった。

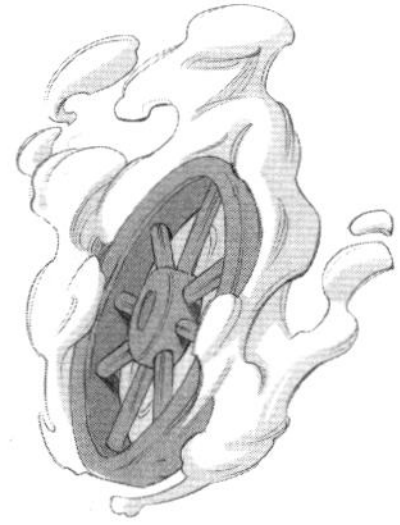

PARABLE5.

イクシオン

……全能神の妻に横恋慕した罪で地獄に落とされて、燃える車輪にくくりつけられた者のことを示す。

鬼たちに鞭打たれながら未来永劫回され続け、ずっと目が回り続けているという。

1.

貞夫は、自分の悪い推測がすべて、完全に的中してしまったことに動揺しながらも、それでも彼女に向かって喉も張り裂けんばかりに、

「――春海！」

と叫んでいた。彼女に自分の声を届かせなければならない、と思った。

しかし、彼女はまるで子供がいやいやをするかのような動作で、首を左右に何度か振ると、

「――うう！」

と呻くような声を上げて、そして背を向けて走り出していってしまった。

「待て！　待つんだ春海！」

と貞夫は叫んで、自分も道路から下の段差を飛び降りて、彼女を追いかけていった。

その横では、倒れたまま痙攣している相川靖子や、ひしゃげて横転しているバントラックなどもあったのだが、しかし貞夫にはそれらのことはまったく眼中になかった。

彼は、春海が今――とんでもなく追いつめられているのだということが、誰よりもわかっていたのだった。それは何よりも、

（春海――おまえが無事でなかったら、俺は何を支えにすればいいんだよ……！）

という彼自身の焦りのせいなのだった。

しかし春海は、文字通り後も見ずに全力で走っていく。彼女は短距離走は苦手な癖に、マラソンなどは得意なので、追いかけるのも大変だった。そして貞夫は逆に、すぐに息が切れてしまう体質で、小学校の体育の授業では、しょっちゅう女子に追い抜かれて、春海にも「大丈夫？」とか声を掛けられていたくらいなのだ。

ああいうときの春海は、ほんとうにこっちを心配しているような顔をしていて、しかし貞夫は彼女のそういう顔だけは見たくなくて、彼女をそういう気持ちにさせてしまう自分の不甲斐《ふがい》なさを憎んだものだった。

（くそ——嫌なことを思い出した）

子供時代の彼、すこし走るとすぐにアゴを出して、ぜいぜいとみっともなく喘《あえ》いでいた彼——それは幼い頃の心臓手術の反動だったのだが、彼はそのことを他人にほとんど言わなかった。言って「へえ、それじゃしょうがないね」と口先だけの同情をされるのが何よりも嫌いだった。

そして今でも、走るのはやっぱり苦手だった。

春海はどこまでも逃げていく。

彼の方を振り返る余裕はまったくないようで、どんどん遠くに行ってしまう。何本もの車道を横断して、人気のない海辺の方に向かっていく。

もう、戻るつもりはないのだということが、はっきりとわかる逃げ方だった。貞夫も彼女が再び、普通の女子高生に戻ることはないのだということを、完全に理解していた。彼女はどこかへ行ってしまう――そして、自分はそれに対してどうするのか?

(お、俺は――)

頭の中がぐちゃぐちゃになりながら、須磨貞夫は杉乃浦春海を追いかけていく。

行く先の方角から、波の音が聞こえ始めていた。

*

「う、うぐ、うぐぐぐ……!」

相川靖子は全身の激痛に耐えながら、なんとか指先から動けるようになっていく。

手をついて身を起こそうとしたが、爪が地面をがりがりと引っ掻いただけだった。全然力が入らない。

「ぐ、ぐぐ……くそっ……」

毒づく声にも力がない。呼吸もうまくできないので、喉が変な音を立てている。

爆発したのは彼女の服だったから、その衝撃が半端ではなかった。ショックでバントラックまで横転しているような威力が、全身にモロに来たのだから無理もない。

首を無理矢理に動かして、周囲の様子を見ようとする。眼はかすみ、ろくに見えなかったが、それでも離れたところに転がっているバントラックはなんとか確認できた。ひどく変形している。あれでは中にいた者はとても――と思ったところで、靖子は妙なことに気づいた。

（……どうして――あれだけの炎に巻き込まれたのに、車のエンジンが爆発しなかったの……？）

燃えたような痕《あと》は皆無で、ただ変形しているだけだ。これは一体――と靖子がさらに眼を凝らそうとしたところで、車に異変が生じた。

がん、という鈍い音が響いた。車の内部から聞こえてきたようだった。

がん、がん――と音は連続した。そして変形していた荷台のハッチが、四度目の音と共に弾けて、吹っ飛んでいった。

そして中から溢れ出したものは、真っ白い霧のような冷気だった。

たちまちの内に、周囲の大地がぱりぱりと音を立てて凍りついていく。

（な――）

靖子は茫然としながら、その光景を見つめていた。

開いたハッチのところから、何かが出てきた。縁の部分を掴んでいるそれは、人間の手だったが――あり得ないほどに白かった。

（な、な――）

そしてその手に力が入り、中にいた者がゆっくりと身を乗り出してきて、その姿を現した。

異様なまでに長い長い黒髪を引きずったその女性の姿をした者は、はっきりと——自分の意志で活動を再開していた。

六嶺美登里とかつては呼ばれていた——しかし今はもう、その名で呼ぶことはできないだろう。

それはもう剝き出しのＭＰＬＳ——〝フォーリン・グレイス〟以外の何者でもなかった。

これまで半開きのまま、何故か乾きもしなかった両眼には今や力が漲《みなぎ》り、そして瞳は真っ赤に変色していた。その眼がゆっくりと四方を見回す。

車から出てきて、大地に降り立つ。きらきらと周囲の空気が凍って、細かい粒子となって飛び散っていく。

靖子の奥歯がカタカタと鳴り出したのは、恐怖のためだけではなかった。明確に、気温が極端に低下し始めていたのだ。

（なんで——目覚めたの？　まさかあの〝ワン・ホット・ミニット〟の攻撃に反応して、本能的に覚醒《かくせい》したとでもいうの……？）

だとしたら——彼女が目覚めたのは、つまり……

（身の安全を脅かす敵を、倒すため……？）

だが今の彼女にとって、敵とそうでない者たちの区別などつくのだろうか？

周囲を見回す彼女の真っ赤な眼には、もはや人間的な表情は完全に欠落していて、まるでガラス玉のようだった。変な話だが、さっきまでのまったく動かない人形のような状態だったときの方が、まだ生気があった。

今の彼女は、冥界から何かの間違いでこの世に紛れ込んできてしまった幽鬼《ゆうき》のようだった。

その〝フォーリン・グレイス〟が、ゆっくりと歩き出した。特にどこに行くというのでもなく、ふらふらと彷徨《さまよ》いだしたような感じだった。

だがその足が一歩、また一歩と進むごとに、その周囲の地面が真っ白に凍結していく。

鳥の鳴き声が聞こえてきた。上空を渡り鳥の群が横切っていく。

〝…………〟

フォーリン・グレイスはその飛んでいる生き物の方に眼をやった。

そして次の瞬間——その鳥たちがいきなり、かちん、と羽ばたいていた翼を固定させたかと思うと、くるくる回りながら地面に落ちていってしまった。一匹や二匹ではなく、群れの全羽がいきなり、何の前触れもなく、唐突に動かなくなったのだった。

その内の一羽が、どすん、と音を立てて靖子の視界の中に落ちてきた。

それはなんだか、鳥の形をした彫刻のようになっていた。凍っていると言えばそうなのだろうが、そんな次元ではなく、なんというか、そう——停まっているのだった。

凍るというのは、物質の分子運動が極端に鈍くなって結晶化することである。動きが鈍っていって、そして停まるから凍るのだ。

なにもかもを停めてしまうことの方こそが〝本質〟であって、低温さえも実はその付随物なのかも知れない――目覚める前は、それはたとえば病状の進行を停めてしまったり、高熱に対して打ち消す作用をもたらした程度だったかも知れない――だが今は？

（目覚めた今は――どこまで〝停めてしまう〟というの……？）

今、彼女は空を飛んでいる鳥に触りもしなかった――ただ横眼で、ちら、と見ただけだ。それで群れはたちまち全滅してしまった。

あれがもし、街に下りていき、人間を前にしたら――一体どういうことになるのだろう？

あれが解き放たれたら、世界は果たしてこれから先もまだ動いていられるのだろうか？

あらゆるものが停止していき、その中をあの白き顔を持つ者だけが徘徊《はいかい》し続ける――そういうものに変貌してしまうのではないだろうか？

靖子が奥歯をカタカタ鳴らしていると、その近くでよろよろと立ち上がるもうひとつの人影があった。

六嶺平蔵だった。

彼はあの爆発の際に、とっさに妻をかばおうとその前に立った――その結果、爆発の熱からほとんど影響を受けなかったのだ。だが身体中の骨に罅《ひび》が入っていて、全身は衝撃波で斬られて血まみれだった。

しかし――彼にはそんな苦痛などまったく感じていないようだった。

彼が見つめる眼差しの先には、異形《いぎよう》の存在フォーリン・グレイスの姿があり、そして彼は、はっきりと――両眼を見開いて、満面の笑みを浮かべていた。

「ああ――」

声を上げた。それを聞いて靖子がぎくりとして彼の存在に気づいて、視線を向けた。だが平蔵は靖子のことなど眼中になく、そしておそらくは自分の生命さえも問題にしておらず、ただ歓喜に打ち震えていた。

「……時よ停まれ――おまえは美しい……」

その口から漏れたのは、遂に全人生を賭けた目的に到達した、満足しきった者だけが発せられる言葉だった。

靖子は茫然としながら、この男と、かつては彼の妻でもあった怪物を見た。そこには決定的な断絶があり、しかしそのことを苦にしている者はどちら側にもいなかった。

フォーリン・グレイスはゆらゆらと動きながら、どっちへ行こうか考えているようだった。しかし考えといっても、そこには明確な意識などはなく、ただ蛾《が》が光に吸い寄せられるように、惹かれるものがあればそっちへ向かう、という程度の意志しかなさそうだった。能力が発現したそのときに、きっと六嶺美登里であった意識もまた、フォーリン・グレイスのパワーに負けて停まってしまったのだろう。

その視線が、なんとなく――靖子たちの方に向けられていく。

あの真っ赤な眼差しが自分たちを見つめたら、あの鳥のように彼女たちも停まってしまう。だが靖子は身体の痺れが依然として取れないため、逃げることができない。そして六嶺の方は、最初から逃げる気などまったくなさそうだった。

「ぐ、ぐぐぐ……！」

靖子は、必死で身体よ動いてくれと祈りながら足搔《あが》いた。だが無駄だった。何もできない、手も足も出ない、圧倒的でどうしようもない現実が目の前に立ちはだかっていた。

あのときと同じだった。

家族全員が、血まみれで目の前に倒れていて、彼女は無力な少女で、抵抗するどころか悲鳴を上げることもできない——あのときとまるで変わっていない。

（わ、私は——私は……）

彼女の心はそのとき、凍りついていた。肉体が冷やされる前に、精神の方から生きる意志が消滅していた。

そんなときだった……それが聞こえてきたのは。

それがなんなのか、靖子の衰弱した思考では理解できなかった。なんでそんなものが、今、この状況で聞こえるのか。正気であったなら幻聴だと思おうとしたかも知れないが、しかしそう考えるだけの気力もないので、それはただ単に、そういうものが世界には流れることもあるのだ、という——あっけらかんとした響きで辺りに漂った。

それは口笛だった。

どこか物寂しげな調子になる口笛におよそ似合わないその曲を、半ば無理矢理に、しかし妙な自然さで吹いている――〝ニュルンベルクのマイスタージンガー〟だった。

そしていつのまにか、それが――そこに立っている。

全世界を凍りつかせる以外に何の未来もないフォーリン・グレイスの前に、その行く手を遮《さえぎ》るかのようにして――立っている。

それはむしろ人というよりも、地面から筒の形をした影が逆に伸びているような、そういうシルエットだった。

〝…………〟

フォーリン・グレイスは靖子たちに向けかけていた視線を、その黒帽子の方にすいっ、と自然に向けた。

真っ向から見たはずだった。

しかしそれなのに――黒帽子はその視線を受けとめて、黒く塗られた唇を開いた。

「――既に停まっている者を、それ以上停めようとしても無駄だよ、雪女さん」

そしてそのマントの下にあった腕が外に出て、ついっ、と空中で何かを手繰《たぐ》るような動作をした。

「――君の心が停まってしまった、その瞬間に戻るがいい――」

その言葉が終わるか終わらないかの内に、すべては終わった。

フォーリン・グレイスが、わずかに首をかしげたように見えた。それは子供が不思議がっているときのような、そういう何気ない仕草に見えたが、しかし——その首の傾斜は途中で停まらずに、そのままどこまでも傾いていき、やがて首が身体から下に落ちていった。その間にも、胸も、腰も、足も、全身の至るところが傾いて、そして落ちていって——バラバラになったその凍りついた物たちは、地面に落ちてがしゃんがしゃん、とガラス細工が砕けるような音を立てて、割れていった。

なにか、靖子たちのところからは見えなかった糸のようなもので引っ張られて、崩れた——そういう風に見えた。

「——え……」

靖子は茫然としたまま、あっという間に状況が一変していく事態についていけない。彼女の力が及ばぬ領域で、彼女の生命が終わることが決まったのに、そうなりかけていたのに、それがいきなり——別のものによって途切れたのだった。

彼女の口が、わなわなと震えた。そこから漏れだした言葉は、彼女自身も思いも寄らぬ名前だった。

「……ブギーポップ……」

それがそうなのだ、ということを理解する前に、反射的にその名を呼んでいた。

だが黒帽子は彼女の方などまったく一瞥《いちべつ》もせずに、すぐに視線をあらぬ方角に向けて、そして去っていく。

海辺の方へと——はっきりとした目標のある視線を向けながら、今の出来事など、ちょっと途中でついでにすませた、とでもいうかのような素早さで、この場から消えた。

「…………」

靖子は、ここでやっと身体の自由が戻り始めていて、よろよろと上体を起こせたが、すぐにまた力が抜けて、がくりと崩れる。

「な、なによ——何がなんなのよ……」

呟くその声は、我ながらまったく力のないものだった。

2.

そして貞夫は、ずっと走っていた。

もう足はふらふらで、息もぜいぜいと切れていた。

春海の姿はとっくに見失ってしまい、今は彼女を探し回っている状態だった。

(——そんなに遠くへは行っていないはずだ。車もないし、自転車だって——この辺にいるはずなんだ……!)

彼は、海岸に面した自然公園に出てきていた。春海はその敷地内に駆け込んでいったからだ。この公園は小さな岬になっていて、通じている道はほとんどないのだ。

波の音が聞こえる。

木々が立ち並び、遊歩道の間を潮風が吹き抜けていく。

自然の凹凸をそのまま残して造園されているため、断崖の上から海を見おろせる展望台以外の場所の見晴らしはよくない。

そしてこの時間には人もほとんどいない。そもそもこの公園自体が近くを国道が通っている以外は交通の便の悪い場所で、余った土地をとりあえず公園にしている、というような場所なのだから。

管理人もいない。誰もいない——いるはずの杉乃浦春海の姿も、どこにも見つけられない。

「——ううう、くそっ……！」

貞夫が焦りながら動き回っていた、その最中のことだった。

ぐっ、と急に息が苦しくなるような感覚が走って、そして胸のあたりに痛みが走った。

（——うっ……？）

彼は、少し走り回りすぎたので、心臓に負担が掛かったのか、とも思ったが——しかしその感触は、そういうものとも少し違っていた。

（似てる……こいつは——子供の頃の、あれに……）

痛みはすぐに収まったが、しかし違和感ははっきりと残っていた。

彼が胸に手を当てて、その場に立ちすくんでいたとき、ふいに携帯電話が着信を告げた。

（春海か？）

と期待して表示を見やったが、そこに出ているのは、それはそれで意外な人物だった。

それは六嶺平蔵からだったのだ。

（……こいつ……？）

別人が奴の電話を使っているのかも知れないと思いつつ、彼はとりあえず、周囲に注意を巡らせつつ、電話に出た。

「――はい」

〝――ああ、生きていたか〟

電話の向こうから聞こえてくる穏やかな声は、六嶺平蔵本人のものだった。

「ご挨拶だな。お互い様だと思うが――」

貞夫が言い返すと、六嶺はかすかに笑って、

〝まあ、そうだな。しかし今では君の方が切羽詰まった状況にあると思うが――〟

と言ってきた。

「どういう意味だ？」

〝私はついさっきまで、統和機構に協力して、君の恋人を殺そうとしていたからな〟

その告白はあっさりとした口調で、しかも悪びれた調子がどこにないものだった。別に悪いとは思っていないのだ。

貞夫は心の中でため息をついたが、特に動揺せずに、

「……そういうことか」

とうなずいた。

〝驚かないのだな〟

「あんたは俺のことを詳しく知っていたからな。当然、推測していてしかるべきだったよ」

〝君は相変わらず、とても頭の回転が速いな。実に頼もしい〟

「そいつはどうも。あんまり嫌味には聞こえないな」

〝それはそうだ。私は本気だ。君が初志を貫徹してくれることを願っている〟

「今は敵同士じゃないのか？　言っとくが、俺は統和機構の味方はしないぜ」

〝ああ、わかっているよ。君のことなら大抵のことはわかるからね。ずっと見てきたからな。そう——君が心臓病で死にかけていた頃からだから、十年以上になるな〟

「……そいつはまた、ずいぶんと面倒そうな話だな。あんたは俺のなんだ？」

〝私は君を役に立つ道具にしたかっただけだ。しかし今では、もしかするともっと重要な意味を持つ存在になったのかも知れない〟

「どうも言っていることがよく理解できないんだがね——」

〝私は終わった〟

六嶺は唐突に言った。そしてその断定ぶりにやや貞夫が黙っていると、そのまま言葉を続けた。

〝私は、彼女のことを見届けることしかできなかったし、そのことについてもあまり後悔はない。だが君は――私よりも意味のある場所まで行くことができるかも知れない、と――そう思っている〟

「……あんたの、何が終わったんだ？ 彼女って――それは病気の奥さんのことか？」

貞夫は訊いたが、六嶺はこれには答えずに、

〝君の恋人が、まだ君を必要としているのならば、君は私よりも複雑な立場にあるし、より厳しい状況に直面しているとも言えるだろう――しかし私は、それでも君がうらやましいとは思っているのだよ〟

と静かな、どこか悟りきった口調で言った。

＊

……それほど長くない会話を終えて、六嶺平蔵は電話を切った。指先は血まみれで、携帯電話を持っているのも辛かったが、そんなことはもうどうでも良かった。電話も、胸元のポケッ

トに入れていたので、あの爆発の際には背を向けていた姿勢だったので、壊れていなかったのも幸いだった。

言いたいことは、須磨貞夫に伝えた——もうやるべきことは、何も残っていない。

彼は眼を下ろす。

足元には、かつて彼の妻だった白く凍りついた破片が散らばっている。それらにはもう、特になんの感懐も抱かなかった。

そうして彼がぼんやりと立ちすくんでいると、背後から声が掛けられた。

「——残念だったわね」

それは女性の声だった。彼も何度か話したことのある人物の、やや冷ややかに聞こえる響きがある、よく通る低めの若い声。

「ああ——あなただったのか」

彼は振り向いた。そこに立っているのは、雨宮世津子《あまみやせつこ》という名前の、彼が政府関係者との裏取引などをしていた際に対応していた相手だった。スーツ姿が実に似合っていた。しかしこの場に現れるということは、彼女もまた——。

「あなたが〝リセット〟だったのですね。雨宮さん」

彼が言うと、雨宮は静かにうなずいた。

ティアジャーカーなどの戦闘用合成人間たちを統括する、統和機構の主要メンバーの一人にして〝取り消し〟のリセットとも呼ばれている無敵の殺し屋のことは、統和機構の中でも伝説的な話として情報を摑んでいた。

しかしそれは、ずっと前から彼の近くにいたのだ。

とっくの昔に、首根っこを摑まれ続けていたのである。

リセットの背後には、茫然として、まだ身体が痺れていて立てない相川靖子がいた。彼女もこの〝上司〟が突然に現れたことに驚愕《きょうがく》しているようだった。

しかし雨宮はそんな部下の方は無視して、六嶺のことを見つめている。

「ほんとうに残念だったわ——いいところまで行ったのにね」

言いながら、彼女は何気ない動作で懐に手を入れて、そして出すとそこには、一挺《いっちょう》の小型拳銃が握られていた。

その銃口を、ためらいのない動作で六嶺の額に向ける。

「美登里さんの能力を完全に制御できて、そのパワーを有効活用できれば、統和機構としても都合がよかったんだけどね。あと一歩及ばなかったようね——」

「待っていてくれたようだね。それは感謝しなければならないな」

六嶺は穏やかな表情で微笑む。そこには無理がなかった。微塵も恐怖を感じていない。それはあきらめとも少し違っていた。

そこにあるのは、奇妙なすがすがしさだった。

マラソンランナーが長い長い道程の果てにゴールしたが、順位は最下位……喝采も名誉もない。それでも本人は、走りきったというだけで満ち足りたような顔をしている——それはそんな表情だった。

勝利感とも敗北感とも無縁な、突き抜けたような微笑みがそこにはあった。

「……まったく残念だわ。しかし——フォーリン・グレイスに関わった者はすべて消さなければならない」

雨宮はかすかにため息をついて、そして引き金を引いた。

六嶺の身体が一瞬だけ、びくん、とひきつって、そのまま倒れていったのを、動けないままの相川靖子は見た。

その光景はなんだかひどく現実感がなく、靖子はぼんやりとしていた。

その彼女の前に、雨宮がゆっくりとやってきた。

「あ……」

靖子は茫然と、殺し屋の接近を見つめている。おそらくは任務に失敗し、しかもフォーリン・グレイスと深く関わっていた自分も六嶺同様に消されるのだろう。だがその認識が妙に遠い。自分が殺される、という状況が目の前に近づいてきているのに、それがひどく漠然としたものとして感じられるのだった。

さっきまでは必死で逃げようという気持ちもあったのに、今は——なんだかもう、何もかも

がどうでもいい気がしていた。

「…………」

雨宮は冷ややかな眼で、痺れて立てない靖子を見おろした。そして拳銃の銃口を彼女に向ける。

ああ、撃たれるのだ——と思った。リセットの能力〝モービィ・ディック〟はあらゆるものを破壊できる無敵の力だという。それで彼女の〝トリーズン・リーズン〟の防御であろうとお構いなしに粉砕してしまうのだろう。

「なってないわよ、ティアジャーカー」

雨宮はやや顔をしかめながらそう言って、引き金を引いた。

弾丸が発射されて、それは俯《うつぶ》せになっていた靖子の背中に——背骨の上に命中した。

命中して、そして……そのままころころと背中の上を弾丸が転げ落ちた。

それと同時に、靖子は不意に自分の身体の痺れがすべて取れたことに気がついた。

「……え？」

「ほら、さっさと立ちなさい——まったく、衝撃が身体に染み込んだときの回復法ぐらいマスターしておきなさいよ」

雨宮はそう言いながら、拳銃を懐にしまってしまう。

背骨に——つまり脊髄に適度なショックを与えることで、神経のパニックを鎮めてしまったのだということに、靖子はやっと思い至った。弾丸の威力を、さながらツボにマッサージするぐらいのパワーに抑えてしまったのだろう。

リセットの能力は〝手加減〟に掛けても超一級なのだということをまざまざと思い知らされる――いや、問題はそんなところにはない。

「あ、あの――私は――その、処分されないんですか？」

「あなたをここで処分するなら、改造した直後にもうやってるわ。あなただって私同様に失敗作の例外なんだから――逆にちょっとやそっとでは消してはもらえないわよ。残念ながら」

まるで殺された方が幸せ、みたいなことを言う。

そして彼女は、地面に置いてあったカバンを掴んで、それを靖子に投げつけてきた。靖子が受け取ると、

「それ、着替えね――まさかそんなボロボロな格好で帰るわけにはいかないでしょう？」

と言って肩をすくめた。確かに靖子は服がほとんど千切れ飛んでいて、半裸に近い姿である。カバンはご丁寧にも耐火素材で作られているもので、戦闘行為を想定して用意されている衣装カバンらしかった。

「で、でも――私はその、フォーリン・グレイスと」

「そう、だからこれからあなたは検査漬けよ。ＭＰＬＳの能力の二つもその身に受けてしまっているんだから――貴重なサンプル扱いよ。覚悟しときなさい」

「…………」

靖子は唖然《あぜん》として、カバンを握りしめることしかできない。

雨宮は再び六嶺平蔵の死体に眼をやって、

「それで——フォーリン・グレイスは彼がとどめを刺してやったの？　それとも自壊したのかしら？」

と質問してきた。だがそれについて、靖子はうまく説明できる自信がなかった。何を言っても、決して正確なところを表現できるとは思えなかったし、それに何よりも——怖かった。

（あの、黒い——死神——）

それについて語ることさえもが、彼女にはとてつもなく恐ろしいことに思えてならなかった。

よくもまああんなものが噂話になっているものだが、むしろそれは逆で、あれのことを正確に知っている者ほど、その本質を語らないのではないか——そう思えてならなかった。

「……あ、あの、私は——」

「なあに、見てなかったの？　まあ、たぶん能力の暴走で自滅したっぽいけど——砕けてるものね」

「…………」

靖子は反論しなかった。無能と思われる方がまだマシだった。

「じゃあ、あなたはしばらくどっかに身を隠してなさい——クレイム・クラブがらみでは、少し大袈裟に後始末をするから――マスコミに見つからないように。余計な手間になるから」

雨宮の言葉に、靖子ははっ、と我に返った。そうだ、六嶺が消されたということは、クラブも同様の運命を辿ると言うことなのである。

ここで彼女は、六嶺は最後にどこかに電話していたが、それは誰に向けてのものだったのか、やっと思い至った。

（……そうか、須磨くん――あなたは）

彼が駆けつけて来なかったら、今頃は彼女は杉乃浦春海に殺されていた。だが彼はもちろん、彼女を助けるために来たのではあるまい。

（――もう、取り返しのつかないところに来てしまっているのは、あなたも同じなのね……）

3．

岬の遊歩道には霧が出始めていた。

白い靄《もや》が林の風景全体を溶かしてひとつのものに変えてしまうような、それはかなり濃密な霧である。

しかし、空気はむしろ生ぬるい感じもした。気温が高いというよりも、絡みつく靄の粒子のひとつひとつが、ひんやりするのではなく、感触が人肌のようにほんのりと暖かいのだった。

「…………」

その霧の中を須磨貞夫は歩いていく。

波の音が近づいてくる。海岸の方へ向かっている。

目の前は霧で真っ白であり、何を目指せばいいのかも明確ではない。

しかし貞夫の足取りに迷いはない。時折、木に進行方向を塞がれるが、かるく避けて、また同じ方へと進む。

すると、転落の危険があるため鉄の柵で囲んである、岩肌に波が打ち寄せる海沿いの場所に出た。

柵の一部が、溶けてなくなっていた。そこを何ということなく乗り越えて、そして貞夫は海を前に、立ち停まった。

その辺りになると、もう霧は霧ではなかった。それは明確に、湯気になっていた。

波打ち際の岩に、一人の少女がぺたりと座り込んでいて、その岩の周りから湯気が立ちのぼっているのだった。

貞夫は、その熱を目標にして、ここまで来れたのだった。

うつむいている少女に、貞夫は、

「――よお」

と声を掛けた。

びくっ、として少女は顔を上げた。その顔が半泣きなのを見て、貞夫は少し笑って、

「あれだな、そういうトコ見ると、おまえも変わったなって思うよな。同じように迷子になってても、前のボートの時は、おまえってホントにぼんやりしてただけだったものな」

と言った。すると少女――杉乃浦春海は、

「貞夫――駄目だわ」

と弱々しい声を上げた。

「駄目なのよ。わかっちゃったの。どうしてあなたが、私に触っても燃えなかったのか、その理由が――」

「そうかい」

かるくうなずいて、貞夫は春海の方に向かって足を進め始める。それを見て春海は首を大きく左右に振った。

「駄目、駄目よ――もう駄目なのよ。貞夫は、だって――」

「昔は、心臓の病気を六嶺さんの奥さんに治してもらっていたから、か？　心房の穴を凍らせ塞いでいたそのパワーが、おまえの炎と打ち消し合っていたから、だろう？」

貞夫は春海の言葉を先に言っていた。春海の眼が丸くなる。

「し――知ってたの？」

「さっき六嶺さんに教えてもらったよ」

彼はうなずいた。

そう、さっきの電話で、これまで彼が色々と不明瞭だと思っていた疑問がすべて溶けていたのだ。彼は六嶺にこう言われていた。

〝君が子供の頃、もう助からないと言われていたその病気を治してやる代わりに、私は君の御両親と取り引きしていた。それは君が大人になったら、私の力になってもらいたい、ということだった。私が見込んだ通り、君は優秀に育ち、クレイム・クラブに参加してもらった——それはいざというときには、私のために生命を投げ出してもらうためだった。クラブに君は自分から加わったと思っていただろうが、それはそのように私が仕組んでいたからだ。——だがその仕事は、もう終わった。君に協力してもらうことはもう、ないんだ〟

だから好きにしろってか、六嶺さん——確かにずいぶんと俺のことを知ってたよ。何しろ基本的に大人には反感を持つ俺が、いまいち敵意を持ちにくかったぐらいだから、俺のことはよく知っていたと言うしかないな、と貞夫が言うと、電話の向こうで六嶺は笑ったようだった。

〝いいや、それはきっと違うな——私たちが似たもの同士だったからだ。我々は同類だったのさ。君も私も、この世ならぬ者に惹かれてしまっていた訳だからな——君が今まで知らなかったとしても、無意識の印象ではもう理解していた。だから彼女が、そ、う、だとわかっても、決して驚かなかったのだろう？〟

これも当たりだった。貞夫は苦笑するしかなかった。

ああ、そうだ――ずっと前から、どこかで知っていた。

彼女が、どうしようもなく生きにくい人間なのだろうということは、最初に会ったときから知っていた。

だから助けなければと思ったし、何故だか知らないが、助けられそうな気もしたのだ。それはどうしてか――。

「……駄目よ貞夫、来ちゃ駄目なのよ。わからないの？」

春海は近づいてくる貞夫に向かって必死で両手をぶんぶんと振る。

そんな彼女に、貞夫は少しふてくされたような口調で、

「あのさ、春海……俺が嫌いなことって、なんだと思う？」

と唐突に訊いた。

「え？」

「俺もよくわかんなかったんだが、なんつーか、よ――俺って単なる負けず嫌いだったんだな」

貞夫はうんうん、とうなずいた。

「だから統和機構にも負けたくなかったし、学校とかにも負けたくなかったし、とにかく誰であれ、負けたくなかった――そんだけだったんだ。わかるか？」

その口調は穏やかであるが、言っていることはどうもピントがずれている感じである。

「……な、なに言っているのよ？　それどころじゃないのよ――」

「でも俺は昔、あきらかに病気に負けていた。怖かったし、駄目かも知れないとも思っていた。だから治った後もそれが消えなかったけど、それがおまえと出会って――やっと消せた。俺はおまえを助けたつもりになって、それでやっと〝負けなかったぞ〟と自分に言える気がしていたんだ――だから」

　貞夫の春海の方に向かう足取りは停まらない。

「おまえに今、そんな顔をして俺を見られると、なんだか――とっても悔しいんだよ。負けたみたいな気がするんだ。わかるか？」

「……駄目、駄目だって……だって貞夫は、あなたが無事だった理由は、もう……わかっちゃって――」

　奇蹟は理由がわからないから奇蹟なのであり、その原因がわかってしまったら、それはもう効果がない――そうとしか思えない。

　しかし貞夫はこれに、きっぱりとした口調で、

「それは、おまえの理由だ。俺の方の理由じゃない――俺の方は、おまえに燃やされない理由なんか、最初っから関係ないんだよ。燃やされないと知っていたから、おまえに近づいたんじゃない――そんなことはどうでもいいんだよ」

　と言い切った。

「俺は負けたくない——おまえがそんな顔をしているのがムカついてしょうがない。その怒りに、こんな苛立ち程度に負けたくないんだよ——それだけだ」

そしてそれは、彼女の心の中にあるという〝熱さ〟も、きっと根っこは同じ——その顕れ方の違いでしかない。だから彼は昔も今も、彼女のことを助けられると思う——その内実が理解できると思っているのだった。

ずかずかと、力強い一歩一歩を踏み出していって、そしてとうとう貞夫はしゅうしゅうと熱で煙を立てている、春海がへたりこんでいる岩の前に立った。

「——駄目よ、私に触ったら、死ぬのよ……！」

春海は悲鳴を上げた。これに貞夫はニヤリと笑って、そしてためらいなく彼女の手を摑んだ。

それだけで——何も起こらなかった。

彼が一瞬で、ぱっ、と燃え尽きることもなかったし、意識のない人形になってしまうこともなかった。

しばらくそうやって、何事もない変な空気が漂って、そして彼はニヤリと不敵な笑いを浮かべて、

「十年前にも言ったが——死なねーじゃん」

と言った。

「俺の勝ちだな。負けたくないからな、なんつっても」

「え……？」

彼女は茫然としている。

「なんで……？」

彼女は信じられないという顔をしている。その虚を突かれた顔は、確かに十年前のそれと同じだった。

「どうしてなの……？　だって──だって私は──」

言いながらも、春海の眼からは涙がぽろぽろと溢れてくる。

貞夫はそんな彼女に、何度も何度もうん、うん、とうなずいてみせて、

「どうしてか、なんて俺は知らないし、おまえも知らない……でも、それを言ったら俺たちは何で生まれてきたのか、それだってわからねーじゃねーか。だったら、別に理由なんてそんなこだわる必要もないんじゃないのか？」

と真剣なのかふざけているのかわからないようなことを言った。

同じこと──

以前の、それと同じようなことを、この二人は繰り返していた。

あるいはそれは六嶺平蔵が妻の美登里とやっていたことと同じことの繰り返しであるかも知れなかったし、過去にも大勢、こんなことをしていた人間たちが、それこそ神話の時代からい続けて、同じことを繰り返しているのかも知れない。ぐるぐると同じところを回り続けている、

地面から浮いた車輪のように——。

「…………」

春海は茫然としたまま、貞夫に握られている自分の手を見つめていた。

やがてその全身が、がくがくがくと激しく震えだした。

「おいおい——寒いのか?」

貞夫が訊くと、彼女は首を左右に振った。

「違う、違うわ——やっぱり違うのね。貞夫は——貞夫は特別なんだわ……!」

彼女の眼には涙が浮かんでいた。そして貞夫の手を握り返してくる手に、ぎゅっと力がこもる。両手で摑んできた。そして何度も何度もその手の甲をさする。

「俺はなにしろ、そんじょそこらの連中にはなりたくないからな」

貞夫はとぼけたように言った。

「おまえだって知ってるだろ? そいつは」

「うん……うん! 知ってる、知ってるわ……そうよね! だって貞夫なんだもの!」

彼女はぼろぼろ涙をこぼしながら、貞夫の手を撫で回している。

「俺たちは誰にも負けたりはしない、そうだろう?」

「うん! そうよ——私たちは負けないわ!」

彼女が歓喜の顔で彼を見上げると、彼は彼女の肩を優しく摑んだ。そして見つめ返しながら、

「だから——俺たちは敵を倒さなきゃいけない。そいつはこっちに向かっているんだ」

「ああ、平気よ。あんな奴ら怖くないわ。トーワキコーなんて、どうってことないわ」

春海が笑いながら言うと、貞夫は静かに首を振った。

「そうじゃないんだ——春海、俺たちを狙っているのは、統和機構なんて生易しいもんじゃないんだよ」

「へ？」

きょとんとする彼女に、貞夫は自分自身も落ち着かなければ、という感じで、押し殺した声で、

「俺たちがこれから戦わなきゃならないのは、世界の敵を殺してまわっている——死神だ」

と言った。

PARABLE6.

カロン

……現世と冥府を隔てる三途の川の渡し守。
途中で後ろを振り向いてしまい、死んだ妻を現世に連れ帰ることに失敗したオルフェウスが
再び戻ってカロンに「もう一度入れてくれ」といくら頼んでも、
いつも不機嫌な死の門番は決して通してくれなかったという。

1.

放課後になり、どうしても須磨貞夫のことが気になった田代清美は、彼のカバンが学校に置きっ放しだったので、それを届けるということを口実に彼の家に向かった。

住所は生徒名簿を見てわかっている。学校から二駅程度で、それほど遠くなかった。彼女も知っている地域なので、さほど迷うことなく、すぐに着いた。

しかしその家の近くまで来たところで、彼女の足は、びくっ、と怯えて停まってしまった。

須磨家の二階から火が出ていた。

消防車が来ていて、消火活動をしている。周辺は野次馬などでごった返していた。

どうやら家の人らしい夫婦が、つまり貞夫の両親がその燃える家を茫然と見上げているのが遠目から確認できた。しかしそこに貞夫の姿はない。

(な、なに……どういうことなの……?)

彼女は何も知らない——その燃えている場所は正に貞夫の部屋だったところであり、そこにはクレイム・クラブに関係した統和機構に関する調査のデータがすべて保存されていたのだということなど——思いも寄らない。既に〝処理〟は迅速に始められているのだ、ということなど。

しかし――

（す、須磨くん……あなたは今――）

彼が今いる場所、関わっている状況、それはもう家庭とか、学校とか、そういったものから

ずっと遠くにある何かであることは、それだけは理解できた。

彼女は、周囲の喧噪《けんそう》から一人だけ、少し離れたところで立ちすくんでいた。だから、それは

ほんの偶然だった。

彼女とはかなり離れたところで、現場整理のために来たらしい警察官が、パトカーの無線機

でどこかと話しているその声が聞こえたのだ。

「――スクーターの番号ですか。はい、わかりました。確認いたします。――ええ。その区

域でしたら、市内以外へ通じている道路はそれほど多くありません。岬の公園ぐらいで――」

そう言っていた。何か偉い人から急な呼び出しを受けて報告しているような、そういう口調

である。

清美はそれを聞いて、はっと気づいた。どうしてそこまでわかったのか、自分でも不思議だ

ったが――感受性がそのとき、自分がそれまで常識だと思っていたことが崩れていくのを目の

当たりにして鋭くなっていたからかも知れない。

（スクーターって――それはもしかして）

須磨貞夫が乗っている、あのスクーターのことではないだろうか、通学には使っていないが、

一度だけ予備校の模試のときに乗ってきていたのを見たことがあった——そのことに思い当ったのである。

そして岬の公園というのは、この辺りでは一箇所しかない。彼女は何かに追い立てられたかのように、その場から後ずさって、そして走り出した。

＊

「……岬の公園か」

報告を聞いて、雨宮世津子はうなずいた。

「わかった。そっちの対応はこっちでやる。おまえたちの管轄はとにかく現場を保存しろ」

彼女は警察そのものの関係者でもないのに、完全に上からの命令口調で言いつけて、そして通信を切った。向こうは無線機だが、彼女の方は黒い携帯電話とも何ともつかぬ小さな機器である。

そして彼女は自分の前でまだぼんやりとしている相川靖子に眼を移した。

「確かに須磨貞夫のようだわ——ここに駆けつけてきたっていう、その少年は」

「はい……」

雨宮の言葉にも、靖子はあいまいにうなずくだけである。

「彼は杉乃浦春海と親しかったのね？　彼女の味方？」

「そう……だと思います」

「ふうん――そして統和機構のことも知っている、か」

雨宮は何気ない調子であるが、しかしその言葉の意味は明確にして簡潔だった。

そう、もはや須磨貞夫は完全に〝取り消し〟の対象になってしまっているのだ。

「………………」

靖子は半ば放心状態で、この成り行きを見ているだけであった。彼女がやることなどもう何もなさそうだった。

雨宮はまた通信機を出して、どこかに連絡を始める。

「ホルニッセ、道路の封鎖は終わっているわね？　ええ、そう――そっちの方から来た者は、誰であろうと吹っ飛ばしてかまわないから。頼んだわよ――」

彼女も知っている、別の合成人間にも命令を下している。本格的に〝狩り〟が始まっているのだ。

「――効かなかったら逃げてもいいけど、すぐに連絡して、決して深追いしないように――駄目よ。あなたの管理する手駒だからって消耗品扱いにしていいってもんじゃないのよ。ブリットヘッドにも逃げるように言っておきなさい」

雨宮はてきぱきと細かな命令を加えている。その作業の様子は事務的とさえ言えた。彼女はさらにあちこちと連絡を取って、作戦を固めたようだった。

「——さて、ティアジャーカー」

雨宮は靖子の方を振り向いた。

「はい——」

「身を隠せ、とは言ったけど、それ以前にあなたはこの状況から逃げる必要もあるのよ」

「……ワン・ホット・ミニットがまだ、私を狙っているかも知れないからですね」

「そういうこと。そして私はそれに付き合ってはあげらない。あなたには一人で逃げ切ってもらわなければならない。私たちにはこれから仕事があるから——いいわね？」

「わかっています。なんとかします」

靖子は感情のない声で言った。よろしい、と雨宮はうなずいて、そしてすぐにきびすを返すと、素早くその場から去っていった。

その場に残された靖子は、しばらく立ちすくんでいた。

「…………」

周囲を見回すが、静まり返っていて人の気配はまるでない。どこに行こうと制止する者はいない。

だが、どこに行けばいいのか——。

彼女の視線は頼りなく動き回っていたが、それがある一箇所で停まる。

さっき雨宮がそのナンバーを確認していた、須磨貞夫のスクーターが転がっていた。道路から外れた方向に春海が逃げてしまったので、乗り捨てていった物だ。

それに近づいて、起こしてみる。キーが刺さったままで、燃料はまだ充分に残っていた。

「…………」

彼女はそれに跨《また が》って、エンジンを掛けた。そしてぼそりと呟いた。

「私は――」

前に続いていく道の向こうを、睨むように見つめている。

「私は――嫌だわ。このままずっと――ずっと……」

言いながら、スクーターのハンドルを握る手が小刻みに震えている。自分でもうまく言葉が見つからない。

このままずっと、周りの流れで適当に生かされ続けているみたいな人生が嫌なのか、取り立てて強い希望のない自分の心の荒廃が嫌なのか、何でも中途半端になってしまう彼女の運命そのものが嫌なのか――そのどれでもあるような気がしたし、どれでもないような気もした。

ただ、胸の奥から湧き起こってくる苛立ちだけが本物だった。

「――畜生、くそっ……！」

彼女は毒づくと、スクーターを発進させた。向かう先は雨宮が去っていったのとは別方向であり――問題の岬の公園へと続く方角だった。

（リセットは——遠巻きにして慎重にやるつもりだ。だからむしろど真ん中に飛び込んでしまえば、かえって見つからずにすむ——）

雨宮の、つまり統和機構の眼をかすめて自分は何をしようというのか、何を探しているのか——それを靖子は深く考えていなかった。

須磨貞夫、杉乃浦春海、そして——

（……あいつらが何をするのか、それを見なきゃいけない……！）

スクーターを走らせていって、問題の公園の近くまで来たところで、靖子の眼が鋭くなった。

その辺一帯が、奇妙な白い霧とも靄ともつかぬもので覆われているのだった。そこに何かがあるのは明白すぎるほどに、はっきりとしていた。

これじゃあ遠巻きにするはずだな、と思いながらも靖子の方はスクーターから降りて、その白い世界の中に入っていく。すべての輪郭《りんかく》がぼやけるそこは、なんだかこの世ではない異界のように思えた。

物音はほとんどしない。潮風に木々が揺られてかすかにざわついているくらいだ。靖子も足音を忍ばせながら、中を進んでいく。

そして——その静けさの中に、何かが聞こえてきた。

（——！）

靖子の足が停まった。その音は聞き違えようがなかった。

口笛——ニュルンベルクのマイスタージンガーだった。

それがこの、ワン・ホット・ミニットの結界の中で、もう鳴り響いている——そのことの意味はひとつしかない。

続いて、突然に爆音が轟いた。木がへし折れて倒れ、燃え上がって弾ける衝撃も伝わってきた。

（もう……始まっている……！）

双方ともお互いを滅ぼすまでは、決して容赦をしない死闘の幕はとっくに開いていて、その中に靖子は足を踏み入れていたのである。

（だが、私は——）

どうするのか、と彼女はあらためて自問した。

ブギーポップか、須磨貞夫か——自分は果たして、どっちの味方をしたくてこの場にやってきたのだろうか？

それを決められないまま、周囲では爆音が轟き、そしてその合間には口笛が吹かれ続けている……。

2.

（糸――のようなものか……？）

貞夫は、白く覆われた森の中を疾走する黒帽子の姿を直接確認することはほとんどできなかった。速すぎるのか、それともこっちが見ようとするその視線を敏感に察知されてしまうのか、ブギーポップはまるで捉えどころのない相手だった。見ようとしても見えず、いないと思った場所には現れる――その繰り返しだった。

しかしそれでも、春海に攻撃をし続けてもらっていることで、彼の眼にはブギーポップから糸のようなものが伸びていて、それが春海が相手に燃え移らせようとしている炎を分断してしまっているように見えた。

（そういえば、さっきのときも――俺を助けてくれたときも、燃える人間は糸に引っ張られたようにも見えたな――）

それは皮肉としか言いようがなかった。あのときの彼は春海のために殺されそうになっていて、それをブギーポップに助けられたというのに――今は完全に、彼は春海の側で相手を倒そうとしているのだ。

（俺を助けなきゃよかった、とか思っているかもな――）

しかし彼には迷いはない。春海を助けるだけだ。その相手が誰であろうと関係ない。

「春海、少し退くぞ――」

彼女の耳元で囁くと、

た。

「うん……！」

と春海は素直に聞いて、二人はいったんブギーポップが姿を消した方角とは逆の方へと走った。

そして見晴らしのいい展望台に出て、海を背にする。ここなら背後から襲われる心配がない。仮に海中を通って来ようとしたら、水の中は動きが鈍くなる上に、水蒸気爆発で攻撃するのが容易《たやす》くなる。

春海と貞夫は油断せずに、この状況を打破するための話し合いを始める。

「——俺たちが攻撃しようとしても、どうやら相手は、それを寸前で読めるらしい」

「そうね、そんな感じだわ。予知能力でもあるのかしら？」

彼女は森の方に視線を移した。

どこからともなく、口笛が響いてくるのは変わらない——すごく遠くからの音のようにも感じるし、すぐ近くのようでもある。風にあおられて、途切れ途切れに掠《かす》れて聞こえてくる……。

「嫌な音……！　ほんとに気味が悪いったらないわ」

春海が苛立たしげに呻いても、貞夫は冷静なままで、

「こっちの気配を読まれているだけかも知れない。先回りされている兆候はないからな」

と分析を重ねた。

「なるほど、それもそうね」

「むしろあれに対しては、どういう特殊能力があるとか、そういう考えで対応しない方がいいような気がする――」

貞夫は言いながら、あれを最初に見たときから背筋に張り付いたままの戦慄を思う。

「弱点を探しても無駄な感じがする。あれはなんというか、そう――自動的なんじゃないのか」

変な言い方だが、そうとしか言えない。死神には仲間内で高い地位を得るために力を誇示する必要もなければ、守るべきものもないのだ。

ただひとりで――どこかの誰かに死を運んでくるだけ――。

「あれが敵だと認識した者に対して、とにかく自動追跡のようにつきまとって、一切の無駄なく相手に適したやり方で攻撃するのみ――そういうものだとしたら、こちらが相手の弱味に狙いをつけている間に、逆に急所を突かれるんじゃねーかな。別の方向からのアプローチがいる」

「どういうこと？　逃げるってこと？　私はしたくないけど、貞夫がその方がいいと思うなら……」

「いや――そいつはもっと無理だ。あくまでも決着はここでつける。ただ奴の認識を掻き乱してやろう」

彼が言っても、春海はまだその意味がよくわからずにきょとんとしている。貞夫は携帯電話を取り出して操作した。すると春海の携帯電話が鳴ったので、彼女はそれを開いた。

するとそこには、彼女は特に操作していないのにこの近隣の地図が表示されていて、彼女たちの現在位置が赤と青の光点として映し出されていた。GPSの道案内機能の応用だった。

「これ――」

「そう、それでさっき、春海の位置を特定できたんだ。赤がおまえで、青が俺だ。これを使って、ブギーポップを罠《わな》にはめる」

「え？」

春海の顔に驚きが浮かんだ。

「ちょ、ちょっと待って。それって――」

「そうだ。俺たちは二手に分かれて、ブギーポップを混乱させるんだ。お互いの位置はこれでわかるだろう――奴にはきっと、こういう装備はない」

統和機構には探知されるかも知れないが、しかし別に今の状況では連中の方はどうでもいい。

「駄目よ！」

春海が大声を上げた。

「そんなの無理よ。貞夫を囮《おとり》に使うってことでしょう？　それはできないわ！」

「奴が、自分に対する敵意とか、そういったものに反応しているなら、これは有効な手だ。俺に引きつけて、奴の大雑把な位置を摑んだところで、春海が奴を、その周囲ごと燃やしてしまう——シンプルだから、余計な手間は掛からない。危険がありそうに思うかも知れないが、俺の位置が春海にはいつでもわかっているんだから、実は側にいるのと大して変わらない」

「で、でも——」

春海は不安そうである。

「奴は、どうしたって一度は離れた方の俺のことを確認しなきゃならない。そのためにはある程度は俺の方に近づく必要があるんだ。そう、奴に弱点というのがあるとすれば、それは代わりに偵察してくれる仲間がいないってことだけなんだからな——」

貞夫は彼女に向かって、力強くうなずいてみせた。

「そう、そこが俺たちとの違いだ。俺たちは二人いるんだからな」

そのまっすぐに自分を見つめてくる眼差しに、春海は、

「う、うん——わかったわ」

と認めるしかなかった。

「もちろん、先に春海の方に奴が突っ込んできたら、すぐにやっちまってもかまわないぜ。その方が俺としては楽だしな」

貞夫は悪戯っぽくウインクした。そして攻撃の合図や、その種類によって攻撃する方角を変えることなどを打ち合わせると、貞夫は、

「じゃあ、行ってくるぜ」

と言って、ひらり、とためらいのない動作で小走りに駆け出して行った。

「気をつけてね――」

春海の心配そうな声に、彼は手を上げてみせた。

そして森の中に入り込んで、少し動いたところで、

「……ううっ」

と呻いて、膝をついた。手が胸元を――心臓を押さえていた。不整脈からくる呼吸の乱れで、喉がヒューヒューと不気味な音を立てていた。

「もうちょっと――もうちょっとだけ保《も》ってくれよ……頼むぜ」

額には脂汗が浮かんでいたが、驚きはそこにはなかった。とっくに知っている――そういう表情だった。

やがて呼吸も戻った彼は再び立ち上がって、さらに白い靄に包まれた森の奥へと足を進めていく。

3.

「…………」

春海は不安そうに、携帯の情報表示を見つめている。彼の背中はとっくに白い靄の中に消え

てしまった。今は手元の、この青い点だけが彼のしるしだ。

もういっそのこと、この霧をすべて吹っ飛ばしてしまいたい衝動にも駆られた。しかしそれは彼に止められている。

「貞夫……私、怖いよ……」

彼女はぼそりと呟いた。統和機構の合成人間も、そして今、彼女を殺そうとしているらしい死神も、彼女はちっとも怖くはない。しかし今、彼が離れてしまっているこの状況は、とても恐ろしい——心の制御ができなくなりそうだった。喚《わめ》き散らして、辺り中《じゅう》のものを全部燃やしてしまいたくなる。

「もう——こんなものはすぐに終わらせなきゃ……」

彼女は貧乏揺すりをしながら、貞夫がいるはずの方角に視線を向ける。大声で彼に呼びかけたくなる衝動を必死でこらえる。

「うう——」

奥歯を噛みしめながら呻いた、そのときだった。

(……あれ?)

彼女はふいに、さっきからずっと、どこからともなく聞こえていたあの不快な口笛による〝ニュルンベルクのマイスター〟の音が、いつのまにかしなくなっていることに気づいた。

「……」

反射的に中腰に立ち上がっていた。何か、ひどく嫌な感じがした。

携帯の画面では、貞夫の無事が点灯し続けている。彼の動きにも変なところはない。むしろ――その気配は彼女の方に近いような――。

「ふん……だったらむしろ好都合よ。貞夫を巻き込まないで、一気にケリをつけられるってものだわ……！」

彼女が不敵に呟いた、それを待っていたかのように、

「そうかい」

という声が背後から――海の方から聞こえた。

ばっ、と振り向いた彼女から少し離れたところに、その黒い影は立っていた。

海の上だった。

その水面に立っている――ように一瞬見えたが、しかしそれは海面すれすれまで出ている岩《がん》礁《しょう》に立っているのだった。どうやってそこまで跳んだのかはわからないが、しかし黒帽子には濡れている様子はない。

すぐに攻撃しようとして、しかしここで春海の顔に訝しむ色が浮いた。

その黒帽子の、妙に白い顔――しかしその目鼻立ちにははっきりとした記憶があった。

「……宮下藤花？」

それは彼女と同じ学校に通っている女子高生の顔なのだった。

「あんたが——ブギーポップだったの、宮下？」

彼女の問いかけに、黒帽子はわずかに肩をすくめるような素振りをして、

「宮下藤花ではないね、今は」

と奇妙なことを言った。

「何言ってんのよ、宮下でしょう！」

春海は苛立って、大きな声を出した。しかし同時に、自分を見据えてくるその黒い影は、確かに彼女が知っている、あの普通の女子高生の宮下とは別人の印象しか感じられないので、そのギャップに少なからず戸惑っていた。

それは彼女のような、特殊で強力な能力があらわになったことで性格が一変して見えるとか、そういうものとも違っていた。

普通の人間とは何かが決定的に、根本的にずれている——そういう雰囲気があった。

「ぼくが宮下藤花かどうか、これが二重人格などに類するものなのかどうかは、今の君には大して意味のあることじゃないだろう」

ブギーポップは静かな口調で言った。

「君は今、それどころではないはずだ」

「……なに言ってんのよ？　私は今、あんたと戦っているのよ、宮下藤花——いや、ブギーポップ？　どっちでもいいけど……」

彼女は混乱しそうになる頭を、なんとか鎮めようとしていた。どうもこの黒帽子の話の調子には、人のペースを狂わせる響きがあった。

しかし無論、相手は彼女が極めて攻撃しやすい、水蒸気爆発で吹っ飛ばしやすい海上にいるので、その有利さを知っての、この対話だった。完全に相手に呑まれて話に付き合っている訳ではない。

（そう——そのはずだ。それなのに……）

理屈ではそれがわかっているのに、春海はどこかでこの得体の知れない相手に怯《ひる》んでいた。

「君は、ほんとうにぼくと戦っているのかな？」

ブギーポップは不思議なことを言った。

「君は確かに、何かと戦っている——その危険さがぼくをこうして、呼んでいる——だが君自身は、ぼくと、あるいは世界と戦うのが目的なのか——君は自分を世界の敵だと思うかい？」

「なに訳わかんないことを言ってるのよ！　敵じゃないのなら、あんたも統和機構も、みんなさっさとどっかへ行ってよ！　私と貞夫の邪魔をしないでよ！」

春海は悲鳴のような声を出してしまった。動揺している、それが自分でもわかっていた。相手が「そうですか」と言ってそのまま去るのを見逃すことなどできないのがわかっていながら、それでも消えてくれるならそれでもいいという気持ちも、確かに心のどこかにあった。

しかしブギーポップは、そんな彼女の動揺に付け込むでもなく、煽《あお》るでもなく、ただ静かに、

「君は今、誰に怒っている?」

と訊いてきた。それはあまりにも淡々としていたので、春海は一瞬、

「……え?」

と怒りを忘れた。虚を突かれた。

誰に……?

言われてみれば、彼女は目の前のこの奇妙な奴には、実のところそれほどの怒りはなかった。倒さなければならないのだろうが、そのことに喜びも悲しみも、何もない……憎しみすら微妙だった。自分の生命を狙っている相手なのに……しかし彼女の内面には怒りが荒れ狂っている感触が歴然と、ある。

誰を憎んでいる……?

誰に怒っている……?

「わ、私は――」

彼女は、今すぐこの瞬間に、ブギーポップが彼女に襲いかかってきてくれないかと願っていた。そうすれば彼女は問答無用で反撃して、この不安をかきたてる対話を打ち切れるからだ。

しかし黒帽子は、ただ彼女を見つめてくるだけだった。

「君がこの世界で許せるのは、あの少年だけだろう。一番好きなのは彼だ。では――君はこの世で何が一番嫌いなんだろうね――」

その問いかけをしながら、ブギーポップの顔にはいわく言い難い表情が浮かんでいた。

それは突き放しているようにも、哀れんでいるようにも、すべて見透かしているようにも、あるいはまったく理解しようとしないようにも見える、左右非対称の奇妙な顔をしていた。

ただ——そこにないものがひとつだけあった。

慈悲——それだけはその表情から完全に欠落していた。

こいつは彼女を、その危険がこの世に存在し続けることを認めない。赦《ゆる》してはくれない——決して。

頑迷にして不寛容にも、この死神はもう彼女のことを〝いてはならないもの〟の名簿に載せてしまっているのだった。

「…………！」

ぞわわっ、と背筋から冷たいものが上がってきた。彼女は反射的に、目の前の海に向かって攻撃を加えてしまっていた。

大量の海水が一瞬で沸騰し、その液体が気体に変えられるときの夥《おびただ》しい膨張が、爆発となって弾けた。

どどどどん、とものすごい高さの水柱が上がった。

だが——それでも、

「——くっ……！」

春海は奥歯を噛みしめていた。わかっていた。

爆発が収まった後の海面には、あの黒帽子の姿はどこにもない。死体はおろか、マントの破片さえない。撃つのが早すぎたのだ。逃げられた――。

焦ってしまって、千載一遇のチャンスを逃してしまった。そして相手の言ったあの一言は、彼女の胸に深く突き刺さっていた。

（……そうよ、わかっているわ――何がこの世で一番嫌いなのか、私はよく知っているわ……！）

彼女はぶるぶると震えていた。両腕を抱きかかえるように掴んでいる手の爪が、必要以上に皮膚に食い込んでいた。

（私は……そう、私が嫌い――この世で一番憎いのは、何もかも燃えてしまえという、私の気持ちが――この心が大っ嫌いだわ……！）

あるいは、その自他を問わない、見境のない嫌悪こそがあらゆる〝世界の敵〟の根本的な共通点なのかも知れないが、そんなことは彼女には関係のない話だった。

爆発させられた海のざわつきがなかなか収まらず、そしてそれが巻き起こす騒音の向こう側から、また口笛が聞こえ始める……。

4.

びくっ、と相川靖子は突然の爆音に驚いて、携帯機器の画面から顔を上げた。

「……な、何？」

すぐに画面に眼を戻すが、そこには変わらず、須磨貞夫と杉乃浦春海の存在を示す青と赤の光点が映っている。彼らが使っている現在位置観測機能を、そのまま盗用しているのだ。

（二人の状況は変わっていないようだけど……爆音が聞こえてきたのが向こうからってことは、海辺にいるのは彼女の方ってこと？　安全なところに須磨くんを置いてきた訳じゃなくて？）

靖子は二人が割れたときには、てっきり春海だけがブギーポップと一対一でケリをつけるつもりじゃないかと思っていたので、この時点まで青と赤を取り違えていた。

しかし、ブギーポップにはそんな小細工は一切通用しなかったようだ。青い光点は、赤い光点の方に戻っていく。

赤い光点の方も青の方に行くのならば、敵を倒したということになるのだろうが、その場に留まって警戒し続けているところを見ると、そうではないのだろう。別れていても無意味になったので、ふたたび合流して作戦を立て直すつもりなのだ。

（しかし——須磨くん……あなたは）

彼女は須磨貞夫の移動のペース、つまり足取りがしっかりしているのを見て、逆に嫌な感じを受けていた。

(ほんとうに影響はないの？ それまで心臓を保護し続けていたフォーリン・グレイスの発信源であった六嶺美登里が死んで、そのパワーが消失したはずなのに……)

彼の心臓病は、確か手術さえも難しかったほどのものであり、どこか決定的なところに穴があいていて、それをフォーリン・グレイスの〝氷〟で塞いでいたということらしかったが——もしもその氷がすべて溶けきってしまったら、それでも彼はまだ生きていられるのだろうか？

「…………」

彼女が画面を見つめている間に、青と赤の光点は重なり、そして電源が切られたらしく、ふっ、と消えた。

＊

「……貞夫」

彼が森の中から戻ってきたのをこの眼で見て、春海は弱々しい声を上げた。

「逃げられちゃった——もう少しだったのに」

「ああ——」

貞夫も渋い顔をしている。

「俺の判断ミスだったな——浅はかな罠などに引っかかってくれる相手じゃなかった」

「い、いや——私が悪くて——」

と言いかけたところで、春海は、はっと息を呑んだ。

近づいてくる貞夫の顔色が、なんだかおかしい——ただ悪いというのではなく、青白いというだけでなく、青黒い線が——静脈が浮き上がっていて、まるで虎の縞模様のようになっている——どう見ても異様だった。

「——ど」

どうしたの、と言いかけて、しかし春海は口をつぐんでしまった。彼の目元に明らかな、しかしはっきりとわかる衰弱が浮かんでいたからだった。それはもう疲れたとか、痛いのに我慢しているとかいうレベルのそれではなかった。

彼は春海の方に駆け寄ってこようとして、そして急に足をもつれさせて転んだ。何もないところだったのに、がくん、と不意に力が抜けてしまったのだ。

彼はすぐに立ち直って、彼女に何でもないという感じで手をかるく振って、そして彼女の前に立った。

(…………)

春海の心が、一瞬空っぽになる。何も考えていない状態になる。その衰弱を、あるものが消失していく途中の状態を、春海は知っていた。自分が何度も他人に対してやったことがあるものと、それは同じだった。

生命が燃えていき、それが尽きる寸前の眼――そう、それをよく知っていた。

「…………」

「――どうした、ぼーっとしてる場合じゃないぞ。まだまだチャンスはある。落ち込んでる場合じゃないんだ」

貞夫の、口振りだけは力強いので、春海は、

「あ、うん――そうね、わかってる。切り替える。気持ちを切り替えるから――」

と、釣られてそう言ってしまっていた。

彼が自分のことに気づいていないのならば、まだ彼女はそこで何か言えただろう。しかし彼は――

「おい、しっかりしろ。大丈夫だよ。まだ負けていない」

貞夫が彼女の肩を摑んで、かるく揺すぶった。彼の方から平気で触れてくる。

そう――彼はさっきから、その言葉ばかりを繰り返している。

〝負けない〟

〝負けたくない〟

〝負けるのは嫌いだ――〟

それは何かに勝つというよりも、とにかくどんなものにも屈したくない、そういう意志を示したくない——その姿勢を貫こうとしている。

自分がこれから何かを得ようとか、輝かしい未来を掴もうとは、もう言わない——それは、もしかして……。

だとすれば——そうだとすれば、彼女は……

「う、うん——そうよ。負けてないわ」

そう言ってうなずく。そうするしかない。

「そうとも、俺たちはどんな奴にだって屈したりはしない。相手が死神だろうと世界だろうと、何であっても、だ——」

貞夫の言葉に、その意志に、春海はぎこちなく、しかし確かな動作で、うん、とまたうなずいて、

（そうよ——負けないわ。私も、私の心なんかに——）

と胸の裡《うち》でそっと呟いた。

PARABLE7.

エウリュディケ

……オルフェウスの妻は、毒蛇に噛まれて死んだという。
そして黄泉の国まで夫が迎えに来てくれたのに、
連れ帰ろうとした彼がちょっとだけ後ろを振り向いてしまったので、
ふたたび暗黒の世界に落ちていったという。

1.

　とりあえず相川靖子は、二人の発信が消えたその地点に行ってみようと思った。二人を捕らえることができれば、それが一番いいようにも思えた。

（そう――一度はフォーリン・グレイスが統和機構の管理下に入りかけたように、ワン・ホット・ミニットも、須磨くんの言うことなら何でも聞いてくれるのなら、味方になれる道がまだ、あるかも知れない――リセットまで出張《でば》ってきて、もはや統和機構が二人を見逃すという選択肢がない以上、後は殺されるか、投降するかしかない――そして須磨貞夫に通常医学では治らない心臓障害が再発しているのならば、それをどうにかできるかも知れないのは、（……死にかけていた私を生き返らせたことさえある、統和機構を於いて他にはない）

　無論、駄目なものは駄目かも知れない。しかし試してもみない内からそれを決めるのは早計であろう。その線から攻めれば、あるいは杉乃浦春海も折れてくれるかも――と思う。

　彼女は、どうして自分がこうまでして彼らを助けたいのか、自分でもまだよくわかっていない。

　ただ彼らをこのまま放置して、自分だけ安全なところに去ってしまうのは、これは――違う気がしてならない。

かつては家族が目の前で殺されて、そして自分だけが強化された肉体の持ち主として甦《よみがえ》らされた自分はいつだってどこか、手遅れな感じがしてならない。トリーズン・リーズンの力が当時あったら、彼女は殺人犯に襲われた家族だって簡単に助けられただろう。しかしそのときの彼女は無力で、そして今は、そんな力程度ではどうにもならないこんな事態に入り込んでいる——いつだって力不足なのだ。

(嫌だ、そんなのは——もうたくさんだわ。いいかげんに私も、私の思うがままに現実を変えたい……！)

明確に自分の動機を理解している訳ではないが、それでも彼女はあの二人と話をしなければならないと誓っていた。

そして、その際の障害となるのはなんといっても……あの死神だ。

リセットならばまだ、彼女の意見を聞いてはくれるだろう。しかしあれには、とても話し合いなどが通用するとは思えない。

勝てる気は全然しないが、しかし——逃げることはできなかった。

しかし彼女は、その目的の場所に着くことはできなかった。

その前に、この公園中に異様な臭いが立ちこめてきた。それは文字通りにきな臭く、そして焦げ臭い、何かが燃えるときの異臭で——。

「————っ！」

彼女はとっさに、リセットから着替えろと言われて渡されていた耐火素材の衣装カバンを顔に——デリケートな感覚器官と呼吸器官が露出している部分に押し当てて、そして全身の皮膚表面にトリーズン・リーズンの防御を張り巡らせながら、胎児のように丸まった——対衝撃姿勢だった。

一瞬で、全体だった。

彼女がガードを固めるのとほとんど同時に、この公園中に漂っていた白い靄が、地中を伝わってきた熱が地面から噴き出したのに反応して、一斉に発火した——空気そのものが炎上したのだった。

どこにも逃げ場のない高熱が四方八方から押し寄せてきて、あらゆる空間で荒れ狂った。

＊

……その公園中が真っ赤に変色する光景を見ながら、その攻撃を指示した須磨貞夫は特に何の反応もしなかった。今さらこの程度で驚いていてもしょうがない。

二人は、今では海の上に移動していた。ブギーポップが立っていた、あの岩礁に今度は二人の方が移っていた。

これなら今度こそ、完全に海を背にしている体勢であり、もう後は潜水艦でも持ち出さない限りこっそりと近寄られる心配はない。

「でも、貞夫……これでも勝てないって思うんでしょう?」

まるで爆撃でもされたかのような凄惨な炎の風景を見ながら、春海は彼に話しかける。

「ああ——無理だろうな。どこかに隠れているだろう——どこに、どうやって隠れているのかはわからないが」

「じゃあ、どうしようか」

「しばらくこのままで、粘っていよう——いずれ、どこかから顔を出したところを、燃やしてやれ。奴はきっと、身体そのものは普通の人間と大して変わらないだろう」

「うん、そうね。そうするわ」

二人は身を寄せ合うようにして、そんなに広くない岩礁の上に座っている。そこでぼそぼそと話し合っている光景は、そこだけ見たら恋人が海に遊びに来たようにしか見えない。

「潮風が結構あるけど、春海、おまえ寒くないか?」

「あはは、私は何でも燃やせるのよ。寒いってことはないわ」

「それとこれとは関係ないだろ。風邪ひくなよ」

「おかしな心配をするわね、貞夫は」

「まあそうだな、これから世界を相手に戦おうっていう春海なのに、風邪のことなんて——しかしだからこそ、油断大敵だぜ」

「世界かあ――どういう風にしようか。どうすればいいと思う?」

「統和機構の一部を利用するのが手っ取り早いだろう。俺は、せっかくクレイム・クラブに入っていたんだから、摑んだ情報を利用しないって手はないからな」

「先見の明があったわね、貞夫は」

「そういうことだ。だから前から言ってたろう。余計なことを言われなくても、俺はなんでも――」

言いかけて貞夫は、くらっ、と少し眩暈《めまい》を起こしたように揺れた。そこに春海が言葉を続けた。

「――なんでもわかってるものね、貞夫は。どんなことにも絶対に焦らなくてね」

「……あ、ああ――そうだ」

貞夫は彼女にうなずいた。しかしその眼の焦点が微妙に合っていなかった。眩暈の後で顔面に浮き上がった血管は、しかしあまり脈打っていない。膨れ上がっているだけで、その中で血液がろくに循環していなかった。

「そうとも――焦らないで、どんなものにも負けないで……」

「そうよ。死神にだって、負けないわ」

春海もうなずき返した。

彼は、その彼女の手に自分の手をそっと乗せてきた。それはびっくりするくらいに冷たくなっていた。

しかし彼女は、その手を優しく握り返す。

「大丈夫よね、貞夫……私たちはいつでも一緒よね？」

彼女はそう話しかけたのだが、しかし彼の方は、

「なあ、春海——」

と、ふいに遠くを見つめるような目つきになって、話を別の方に向けた。

「あのとき——俺がボートで流されているおまえを見つけたとき、実際のところおまえは困っていたのか？」

「え？」

突然に訊かれたので、春海は少し眼を丸くしたが、しかしすぐに、

「そりゃそうよ！　私はあのとき、とっても困っていたわ」

と返事した。

「でも、なんでそんなこと訊くの？」

「いや、あんとき困っていたのは、俺たちのどっちだったかな、とか思ってさ——俺も相当、困っていたような気がするからな」

「貞夫は別に、困ってなんかいなかったでしょ。私の方よ、どうしたらいいのかわかんなくて、途方に暮れてたのは——そこに貞夫が手を差し伸べてくれたのよ」

「俺からすると、おまえの方が俺を助けてくれたみたいな気もするんだよ、なんかさ――俺がこの世界でやれることがあるんだ、って思えてさ。自分が――無駄じゃなかった、って……」

また彼の口調が怪しくなってきた。春海は彼の手を取って、それに頬ずりをした。

「……そうよ、無駄じゃないわ。私たちはきっと、どっちもお互いがいなかったらとっても困っていたんだわ」

彼女は優しく話しかけるが、貞夫の手はあきらかに、小刻みに痙攣を始めていた。

そのとき――それがまた聞こえてきた。

燃えるべきものがほとんど燃えてしまったので、だんだん静まりつつあった周辺に、か細い口笛の音がどこからともなく聞こえてきた。

ニュルンベルクのマイスタージンガー……しかし春海は、もうそれをそれほど不気味だとは思わなかった。大したことはない。こんなもの、ただのつまらない歌に過ぎない。こんなものに心を揺らされたりはしない――。

「来たようだ――死神だ」

貞夫の呟きに、春海もうん、とうなずいた。

「燃やしちゃっていいのよね？」

「そうだ――姿を見せたときだ……」

「さっきはきっと、どこかの木に糸のようなものを縛りつけて、それに摑まって、ターザンみたいにしてこの岩礁に降り立ったに違いないのよね？　貞夫は、さっきそう言ったわよね？」

「ああ……間違いない」

「でも、もう奴がぶら下がることのできるものは全部燃やしたから、この海辺にはなくて——だから逃げ場はない、そうよね？」

春海は二人が立てた作戦を反芻《はんすう》していた。貞夫も、

「逃げ場は——ない」

と言った。

「俺たちが……ブギーポップを倒す……」

「そうよ、私たちがやるのよ……！」

さっきまでは公園であった場所に立ちのぼる炎と煙の中で、何かがゆらゆらと動いているのが確認できた。

貞夫の手が、彼女の手をぎゅっ、と握ってきた。その合図に、春海も握り返して、

「うん——行くわ……！」

と返事をすると同時に、その影めがけて燃える火球を叩き込んでいた。

爆炎が炸裂した。

二人のいる岩礁まで、熱風が吹きつけてきた。

その風の中で春海はしっかりと貞夫の身体を抱きかかえていた。

そして爆発が、周囲の炎を全部吹き消してしまった中に——ひとつの人影が立っていた。

全身が真っ黒に焼け焦げていて、マントも帽子も、もう何も身についていない——それはぐらり、と揺れて、そして前のめりに倒れ込んだ。

「……やった」

貞夫が呟いた。春海もうなずく。

「ええ、やったわ。勝ったわ、私たち——」

その声は震えていた。

貞夫の手が、彼女の手を強く握ったまま、それ以上もう開きも緩みもしない——動かない。

それがわかっていて、彼女はなお言った。

「貞夫と私と——死神にだって負けなかったわ。だから——」

彼女は彼の顔に視線を戻して、そして微笑んだ。

貞夫の唇が、やった、と呟いた形のままで停まっていた。

そして、そこからはもう息が漏れていなかった。

「うん、うん——」

春海はその彼の横顔を見つめながら、何度もうなずいた。

「私も、負けなかったわよ——貞夫、あなたが負けたくないって思っていたから、私も……泣かなかったわ」

彼女と貞夫の、その繋いだ手の間から白いものが立ち上り始めた。煙だった。

しゅうしゅうと音を立てて、燃えだしていた。それは彼だけではなく、彼女の身体からも流れ出し始めていた。

そして——彼女たちから海を隔てた、たった今爆発させられた場所で、何かがもぞもぞと動いた。

そして、がばっ、と立ち上がったのは女子高生宮下藤花でも、黒帽子でもなく——全身が黒い煤《すす》だらけのティアジャーカー——相川靖子だった。

「……ぶ、ぶはっ」

彼女は少し吸い込んでしまった灰を、口から吐きだした。

（な、なんだ——今の、ただ派手なだけの、威力のない爆発は——）

さすがに方向感覚を狂わされて、転倒してしまったが——強化された彼女の肉体には傷ひとつなかった。さっきの全体爆破のときも似たような感じだった……。

そして海の方に眼をやると、そこに須磨貞夫と杉乃浦春海が、岩礁の上に座り込んでいるのが見えた。……そして、

「…………?!」

彼女の両眼が驚愕に見開かれた。

そして――その二人から少し離れた海の上に、ひとつの黒い影が立っていた。

それは人というよりも、なんだか海面そのものから筒が伸びているような――そういうシルエットだった。

だがよく見ると、その足元は海面そのものには接していなかった。二人がいる岩礁から、なにかきらきらと反射で光って見える線が延びていて、それがずっと遠くの岸までつながっている――そのあるかないかわからないほどに細い糸のようなものの上に、その黒帽子は立っているのだった。

靖子から見て、二人のやや斜めの背後を取っている――そういう位置にいた。

いつからそこにいたのか……白い顔で、鋭いような投げやりなような、左右非対称の表情を浮かべて、二人を見つめている――。

「……これを待っていたの？」

春海は静かな声で、その背後の影に向かって言った。しかし、後ろは振り向かない。

「私が、誰に怒っているのか――何を燃やしてしまいたいのか、それを気にしていたものね。そうね――私は確かに、何もかもが燃えてしまえとしか思っていなくて、自分がどこまで燃やせば気が済むのか、わかっていなかった……自分も燃えたってかまわなかった」

彼女の口元には、穏やかな笑みが浮かんでいる。

「だからあんたも、私をただ殺すことはできなかったのね？　私が死んだ瞬間に、身体がどこまで燃えるのかわからなかったから……そう、その炎はもしかしたら世界を焼き尽くしてしまったかも知れないものね。私は確かに、それくらい色んなものも、自分も嫌いだったから……」

彼女の言葉に、背後の黒帽子はわずかにうなずいて、

「今はどうなんだい、今でも嫌いかな」

と訊いてきた。それに春海は、ふふっ、と含み笑いをした。

「なんかさあ——もう、どうでもよくなったわ。だって私たち——勝ったもの」

その言葉を、彼女はとても誇らしげに言った。

「貞夫がこんな顔をしているんだから——負けたはずがないわ」

彼女は横にいる彼の頬に、自分の頬をすりよせた。

「だからもう——いいの。私は戻るわ。貞夫が私に手を差し伸べてくれた、あのときに戻るの。舟に乗って、漂っていて——」

言いながらも、彼女の身体からは白い煙が立ちのぼり続けている。やがて火がついて、彼女と彼はぱちぱちと燃え始めた。能力を抑えていた、心のどこかにあった歯止めが切れてしまったのだ。リセットが〝自壊〟と称していた、数多くのＭＰＬＳに起きる終焉《しゅうえん》のひとつだった。

しかし彼女の顔には苦痛はない。

「私は、あのときに一度死んでいたの——あの世にいた私を、彼が助けに来てくれたのよ。そ

れだけでいいのよ。世界なんか、もうどうでもいいわ。死神なんかには、そういう気持ちはわからないでしょう――こんなに……こんなに暖かい……火が……」

呟くその声が、広がっていく炎の音に掻き消されて、遠くなっていく。

その炎を眺めながら、黒帽子は囁くように言った。

「そうだね、ぼくにはわからないだろうね。殺すだけのぼくは、とても不寛容で――心が狭いからね」

ふふっ、という笑いがどこかから聞こえたような気がした。それは〝ざまあみろ〟という響きを持っていたが、陰湿さはなく、むしろ晴れ晴れとして、爽《さわ》やかに、決して後ろを振り返らないような――そんな笑い方だった。

炎はどんどん大きくなっていき、すぐに二人の姿はその中に紛れて見えなくなった。

「…………」

黒帽子はその炎を、その広がりを見届けるかのように見つめていたが、それはこの小さなボートのような岩礁から外には出ない程度のものでしかないことを見極めると、視線を岸辺にいる相川靖子の方に向けた。

びくっ、と靖子の身体が強張った。

「…………」

しかし黒帽子は、彼女には何も言わずに、まるで〝生きている者に、死神は用はない〟とでもいうかのような無関心さで、くるっ、と背を向けたかと思うと、その姿が一瞬にしてどこかへ跳躍していって、消えた。

後にはただ、打ち寄せる波と、燃え続ける岩礁が残されているだけだった。

2.

……しばらく靖子は、そのまま茫然としていた。その時間はよくわからない。十分と経っていなかったかも知れないし、あるいは数時間は経過していたかも知れない。しかしある時点で、ふと我に返るように自分の服が全部燃えてしまって、完全な裸になっていることに気がついて、

(あ、ああ——そう言えばリセットに、着替えをもらっていたっけ……)

と、耐火カバンに入れられている服のことを思い出した。カバンは爆発の時に顔をかばうのに使って、それでどこかに放り出してしまっていたので、ふらふらと探しに出た。他のものはほとんど燃えてしまっていたので、見つけるのには大して手間は掛からなかった。

全身に付いた黒い煤をはたき落とし、服と一緒に入っていたタオルで身体を簡単に拭くと、彼女は下着も含む衣装一式を着用して、髪の毛も強化細胞なので燃えずに残っていたから、ぼさぼさのそれを指先でなでつけて、そして、

「……ふうっ」

と深いため息をついた。なんだか、すごく間抜けなことをしている、と思った。

するとそのとき、向こうの方から焼け焦げた土を踏みしめる足音が響いてきた。

振り向いた先にいたのは、意外な人物だったので、彼女は、

「……あれ？」

と思わず声を上げてしまった。

それは彼女がよく知っていて――そして統和機構とも何の関係もない、一人の女子高生だった。

田代清美――この公園の名前を、警官がふと漏らしていたのをたまたま耳にしたというだけで、この場にやってきた彼女は、

「う、うわ、うわわ――」

と少しビクビクしながら、脆《もろ》くなった土の上を転ばないようにしてふらふらと歩いていた。きっと、唯一この場で眼につく、海の上の炎を目指しているのだろう。

（……ということは）

彼女がここに来られる、ということは――統和機構はもう、ワン・ホット・ミニットの自壊を確認して、この場の包囲を解いてしまったのだろう。遠距離から現場を観察できる方法などいくらでもあるからだ。しかし――それでも、暗い海の上に、足場らしきものさえない位置にいた、黒い影までは果たして確認できたかどうか――。

（まあ、今はそんなことはどうでもいいか……）

靖子は首を振って、頭の中から余計な考えを外に出した。そして、

「――清美ちゃん！」

と田代に声を掛けた。

清美は、まさか誰かに呼びかけられるとは思っていなかったらしく、びくっ、と驚いて顔を上げた。

「あ、あれ？　相川さん？」

「何してんの、こんなところで――」

と訊きながらも、靖子には薄々見当はついていた。彼女は須磨貞夫の知り合いだったからだ。

「あ、相川さんこそ――なんで？」

この二人は、少しばかり奇妙な因縁《いんねん》で知り合っていた。コンビニで強盗に襲われそうになっていた、夜食を買いに来た受験生――つまりこの清美を助けたのが、靖子だったからだ。

（そう言えば、この子がふと〝ブギーポップ〟って名前を漏らしたんで、それで私もあいつのことを知って、興味を持ったんだっけ――）

靖子はこの、変に絡まった事態のややこしさにうんざりして、思わずため息をついた。

そして清美に向かって、

「何しに来たのか、細かいことは別に訊かないけどさ――見ての通り、ここにはもう何にもな

いわよ」

「え——」

清美は口ごもって、この辺りの風景をあらためて見回した。

「あの、岬の公園って、ここですよ——ね？」

不安そうに訊いてきたが、靖子は肩をすくめて、

「まだ、そう見える？」

と投げやりに言った。すると清美は絶句してしまって、

「…………」

と茫然としてしまう。

彼女にしてみれば、この場所に駆けつけたというだけで、日常から大きく離れた冒険だったのだろう。しかしそこにあるのは、もうとっくにすべてのことが終わってしまった、事態の残骸だけなのだ。虚しいという言葉でもまだ足りないほどの、泣きたくなるような無力感を覚えているのだろう……靖子は彼女の気持ちがうんざりするほど理解できたが、しかしそれは、

（……私も同じようなものだからね）

というだけの、何の実りもない共感だった。

自分や清美だけではない——今、普通に生きている者たちは皆、多かれ少なかれ、決定的な出来事にはどうしても間に合うことができないのだろう。

清美は、やや混乱しながらも、

「あ、あの——その……ここに誰か来ませんでしたか」

と訊いてきた。靖子は首を横に振った。

「ここには人間は、誰も来なかったわ」

来たのは世界の敵とその味方と、そして彼らを殺しに来た死神だけだった。そこにいわゆる〝普通の人間〟はどこにもいなかった。

「そ、そうですか……」

清美は、自分でも説明のつかない気持ちに衝き動かされて、こんなところに来てしまったのだろう。しかしその気持ちを整理する機会は、もう永遠に来ないのである。

それも、靖子が今感じているのと同じ気持ちであった。

それでも清美は、海の上でまだ燃えているものを指差して、

「あ、あれは……あれは何なんですか？」

と訊ねた。これに靖子は、

「そう、ね——」

と、少し息をついて、そして言った。

「オルフェウスの神話って、知ってるかしら」

うまく説明できないだろうな、と思いながらも、靖子は喩え話にしてでも、ここで起こった

ことを彼女に伝えられないか、とそう思った。

それは一度は死んだ者を、なおも生きていることにしようとして冥界を彷徨った者と、既に死んで罰を受けている罪人たちの物語なのだった。

「…………？」

不思議そうな顔をしている清美に、それでも話をしながら、靖子は、私たちはまるで方舟に乗れなくて、いつか来るであろう洪水を待つしかない、取り残された動物のようだな、と、ぼんやり考えていた。

"Ark of Orpheus" closed.

あとがき――さながら燃えるキリンのように

えー、外国の映画で「黒いオルフェ」という作品があって、リオのカーニバルの風景と男女の悲恋を絡めたミュージカル仕立ての作品なのだが、現代の（つっても撮られたのは大分前なので、少し昔だけど）ブラジルが舞台でキャストも全員黒人なのに、モチーフが大昔のギリシャ神話なのである。どうしてそういうことをしようと思ったのか、その理由は全然わかんないのだが、しかし結果としてなんか、非現実的な事件なんか全然起きない癖に、妙に幻想的な独特の浮き世離れした空気を表現することに成功している。何だかわかんないものが、何だかわかんないけど伝わって、感動するというか。

心の中で確かに形になっているのに、それをどうにもうまく伝えられないときに人は喩え話をするのだと思うが、しかし話している内にどんどんピントが外れていったり、面倒なことを省略している内になんだか極端になったり、大袈裟になってしまったりして、相手に、共通していないことを的確に伝えるのは難しい。たとえばある画家は、幼年期に浮かんだイメージを皆に伝えるために、絵の中にやたらと燃えるキリンの絵を、ほとんど何の脈略もなく入れていたが、それがどういう意味なのかは、未だによくわからない。本人も晩年になると全然違うタイプの絵を描くようになってしまい、その頃ではもう本人にさえ、それが何の喩えだったのかはよくわからなくなっていたのかも知れない。喩えだけが一人歩きして、芸術になってしまったというか——しかし元になったものは、結局理解されないままである。そして神話というのも、なんかどっかでそんなもののような気がする。あるところで起こった現実の出来事を、別のところで他の者に伝えようとしたときに、どんどん変な方向に話が膨れていって、いつのまにかそれは世界創造のレベルにまで大きくなってしまったのではないか、とか。だから神話を読むときは、そういう〝実際はどうだったのか〟とか考えるとなかなか興味深いものがあったりもする。特に神の気まぐれで何かが起きた、というような時には、その裏にはなにか隠されているものがあるんじゃないか、とか勘ぐってみたりもして。

もちろん神話の出来事を現実に置き換えることの強引さはわかっているし、そういう安直な解釈は文化人類学なんかの研究では〝曲解のおそれがある〟として否定されているのも知っている。だいたい神話は歴史ではないので、事実の伝達以外にも願望を語っていることも多いし。でもレクター博士も「人は何を願望する？　目の前に既にあるものを元にしたものだ」と言っているし、必ずしも当時の人々の人生と無縁でもないだろう、とは思う。そしてその後ろに流れている感情みたいなものは嫉妬に悲嘆に歓喜に恋情に――ほんとうに今と全然変わらない。

それにしても神話には、場所も成立した時代も全然違うはずなのに、なんかよく似た話というのが世界のあちこちに存在している。死んだ恋人をあの世まで迎えに行ったのに、途中で振り向いてしまって、失ってしまうという物語も、同じような内容のものがあちこちにある。死者を甦らせようと試みて、それに失敗する者たちの話はどんな国の人々の心にも、同じように引っかかっているモチーフのようである。そのことを忘れないという意志が、その物語を伝え続けさせている――その想いだけはみな同じで、それだけは死なない。だから神話なのかも知れない。しかし自分が何を願望しているのかすら定かにできない我々は、いつでも振り返ってしまって、求めていたものが消えていくのを見送るばかりなのだろう――無念なり。

(しかし作家ってのは喩え方を先に思いついて、後から内容を決めたりするよな)
(ははは。まあいいじゃん)

BGM "TOMORROW NEVER DIES" by SHERYL CROW

◉上遠野浩平著作リスト

「ブギーポップは笑わない」（電撃文庫）
「ブギーポップ・リターンズ　VSイマジネーターPart1」（同）
「ブギーポップ・リターンズ　VSイマジネーターPart2」（同）
「ブギーポップ・イン・ザ・ミラー「パンドラ」」（同）
「ブギーポップ・オーバードライブ　歪曲王」（同）
「夜明けのブギーポップ」（同）
「ブギーポップ・ミッシング　ペパーミントの魔術師」（同）
「ブギーポップ・カウントダウン　エンブリオ浸蝕」（同）
「ブギーポップ・ウィキッド　エンブリオ炎生」（同）
「冥王と獣のダンス」（同）
「ブギーポップ・パラドックス　ハートレス・レッド」（同）
「ブギーポップ・アンバランス　ホーリィ＆ゴースト」（同）

「ブギーポップ・スタッカート　ジンクス・ショップへようこそ」（同）
「ブギーポップ・バウンディング　ロスト・メビウス」（同）
「ビートのディシプリン　SIDE1」（同）
「ビートのディシプリン　SIDE2」（同）
「ビートのディシプリン　SIDE3」（同）
「ビートのディシプリン　SIDE4」（同）
「機械仕掛けの蛇奇使い」（同）
「ぼくらの虚空に夜を視る」（徳間デュアル文庫）
「わたしは虚夢を月に聴く」（同）
「あなたは虚人と星に舞う」（同）
「殺竜事件」（講談社NOVELS）
「紫骸城事件」（同）
「海賊島事件」（同）
「禁涙境事件」（同）
「しずるさんと偏屈な死者たち」（富士見ミステリー文庫）
「しずるさんと底無し密室たち」（同）
「ソウルドロップの幽体研究」（祥伝社ノン・ノベル）
「メモリアノイズの流転現象」（同）

本書に対するご意見、ご感想をお寄せください。

電撃文庫公式ホームページ 読者アンケートフォーム
http://dengekibunko.jp/
※メニューの「読者アンケート」よりお進みください。

ファンレターあて先
〒102-8584 東京都千代田区富士見1-8-19
アスキー・メディアワークス電撃文庫編集部
「上遠野浩平先生」係
「緒方剛志先生」係

本書は書き下ろしです。

電撃文庫

ブギーポップ・イントレランス
オルフェの方舟《はこぶね》

上遠野浩平《かどのこうへい》

2006年4月25日　初版発行
2018年4月10日　再版発行

発行者　郡司　聡
発行所　株式会社KADOKAWA
〒102-8177　東京都千代田区富士見2-13-3
プロデュース　アスキー・メディアワークス
〒102-8584　東京都千代田区富士見1-8-19
03-5216-8399（編集）
03-3238-1854（営業）
装丁者　荻窪裕司(META＋MANIERA)
印刷・製本　加藤製版印刷株式会社

ISBN978-4-04-867668-7　C0193　Printed in Japan

電撃文庫　http://dengekibunko.jp/
株式会社 KADOKAWA　http://www.kadokawa.co.jp/

電撃文庫創刊に際して

文庫は、我が国にとどまらず、世界の書籍の流れのなかで〝小さな巨人〟としての地位を築いてきた。古今東西の名著を、廉価で手に入りやすい形で提供してきたからこそ、人は文庫を自分の師として、また青春の想い出として、語りついできたのである。

その源を、文化的にはドイツのレクラム文庫に求めるにせよ、規模の上でイギリスのペンギンブックスに求めるにせよ、いま文庫は知識人の層の多様化に従って、ますますその意義を大きくしていると言ってよい。

文庫出版の意味するものは、激動の現代のみならず将来にわたって、大きくなることはあっても、小さくなることはないだろう。

「電撃文庫」は、そのように多様化した対象に応え、歴史に耐えうる作品を収録するのはもちろん、新しい世紀を迎えるにあたって、既成の枠をこえる新鮮で強烈なアイ・オープナーたりたい。

その特異さ故に、この存在は、かつて文庫がはじめて出版世界に登場したときと、同じ戸惑いを読書人に与えるかもしれない。

しかし、〈Changing Time, Changing Publishing〉時代は変わって、出版も変わる。時を重ねるなかで、精神の糧として、心の一隅を占めるものとして、次なる文化の担い手の若者たちに確かな評価を得られると信じて、ここに「電撃文庫」を出版する。

1993年6月10日
角川歴彦

電撃文庫

ビートのディシプリン SIDE1
上遠野浩平
イラスト／緒方剛志
ISBN4－8402－2056－5

電撃hp連載の人気小説、待望の文庫化。謎の存在〝カーメン〟の調査を命じられた合成人間ピート・ビート。だがそれは厳しい試練《ディシプリン》の始まりだった――。

か-7-13　0645

ビートのディシプリン SIDE2
上遠野浩平
イラスト／緒方剛志
ISBN4－8402－2430－7

ビートを襲う統和機構の刺客。激しい戦いの中、彼の脳裏には過去の朧気な記憶が蘇る。そしてその記憶の中に〝口笛を吹く死神〟がいた――。

か-7-15　0822

ビートのディシプリン SIDE3
上遠野浩平
イラスト／緒方剛志
ISBN4－8402－2778－0

様々な思惑と謀略の中、満身創痍でカーメンの謎に迫るビート。そして統和機構の中枢《アクシズ》と〝炎の魔女〟が動き出す。苦難《ディシ》の旅路《プリン》は遂にクライマックスへ――。

か-7-17　0981

ビートのディシプリン SIDE4
上遠野浩平
イラスト／緒方剛志
ISBN4－8402－3120－6

まるで運命のように〝ある場所〟へと導かれていく合成人間ピート・ビート。そこには〝カーメン〟の謎を解く鍵があった。ビートの最後の闘い《ディシプリン》が、遂に始まる――。

か-7-19　1125

機械仕掛けの蛇奇使い
上遠野浩平
イラスト／緒方剛志
ISBN4－8402－2639－3

鉄球に封じ込められた古代の魔獣バイパー。この〝戦闘と破壊の化身〟が覚醒する時、若き皇帝ローティフェルドの安穏とした日々は打ち砕かれ、そして――。

か-7-16　0916